A NEBLINA

Luís de Oliveira

CONTENTS

LUÍS DE OLIVEIRA

A Neblina

Quem conhece os outros é inteligente
Quem conhece a si mesmo é sábio
Quem vence os outros é forte
Quem vence a si mesmo é poderoso
(Tao-Te King, Lao Tzu, aforismo XXXIII)

1

O conforto do escuro começa a se dissipar enquanto o caminhante abre, vagarosamente, os olhos. À medida que tudo ao redor toma formas tênues, também os sons passam a se distinguir.

— Tem certeza? Então, chego lá às...

— Existe alguma possibilidade...

— Não, não achei...

Estranhos passam por ele como aparições difusas, falando entre si, sozinhos ou ao telefone. Fragmentos de frases que surgem e rapidamente somem à distância. Núcleos de caos, dissipando energia em direção ao universo.

Há também, como pano de fundo, os ruídos da cidade. A avenida lá atrás ruge como um animal indomado a despertar.

Há quanto tempo está ali? Calcula mentalmente. Dez minutos, talvez. Na manhã anterior, pelo que se recorda – tudo parece um tanto obscuro e abstrato –, deve ter passado diretamente por "seu banco" – ele sente que o chama assim, e tem a sensação de que talvez na véspera lhe tenha faltado esta tentativa matinal de esvaziar a cabeça, serenamente sentado naquele lugar.

Parece-lhe que sempre passa por ali, mas que jamais, ao mesmo tempo, se deparou com um rosto conhecido. É como se aquele ponto, localizado do lado de fora de uma pequena praça entre dois edifícios, quase sobre a calçada, pertencesse a um mundo paralelo, ao qual, por algum motivo misterioso, as demais pessoas não têm acesso.

O caminhante pensa em se sentar ali num dia de chuva para verificar se as gotas cairão sobre ele.

É hora de ir. Mais dez minutos de caminhada. O sol não oprime seus olhos nesta manhã. Há nuvens por todo o céu e isso lhe traz algum alívio para iniciar mais um dia de sua busca.

Enquanto anda, ora fitando a calçada irregular, ora vislumbrando rapidamente o céu entrecortado pelos prédios, os cheiros, sons e cores das ruas surgem e se estabelecem em toda a sua plenitude, inundando de realidade e confundindo seu espírito até então quase dormente. O dia começa finalmente, e é como se nada tivesse ocorrido antes, por muito tempo.

Procura se concentrar. Deve organizar as ideias e nelas procurar um sentido, preencher as lacunas. Localizar um objeto perdido sem registro ou rastro é a sua tarefa. No momento, sua meta é estabelecer, ao menos, o ponto de partida. Mas questões sem resposta ainda o impedem de fazê-lo. Indaga-se sobre o porquê de estar encarregado daquilo, pois isso não é muito claro. Ainda não sabe se foi simplesmente o acaso que o arrastou até ali e procura conexões entre fatos díspares e lançados a esmo sobre ele, rabiscados rapidamente em seu caderninho de notas, que sente agora com a mão direita no bolso da jaqueta, para que não se percam.

Acima de tudo, indaga-se: como uma parte da alma de alguém pode estar guardada dentro de uma caixa?

2 – SÃO PAULO, 2011

Nélson estava sentado na poltrona de seu pai.

Olhava para as estantes de livros, seguindo seu caminho até o teto. Então, desviava o olhar para seus sapatos pretos, os tamanhos dos cadarços desiguais de um lado e de outro. Um feixe de luz vindo da janela logo atrás iluminava as pequenas partículas suspensas, típicas do ar da cidade grande. A ausência de vento as deixava à vontade, pairando, como que a alertar para que não se respirasse muito fundo. As paredes beges do escritório certamente precisavam de pintura, mas isso poderia esperar.

O importante no momento consistia em obter respostas. Era preciso seguir adiante.

Seu pai havia deixado uma lacuna.

Coube sempre a ele a administração dos negócios. Nélson usufruía dos benefícios do trabalho de terceiros e, agora, via tudo ameaçado de, aos poucos, ruir. Nunca se interessara pelos aspectos menos atraentes da empresa, mas, sim, pelos dividendos e contatos sociais. Era com base nos primeiros que se motivava a buscar soluções para as questões deixadas pelo pai e, nos últimos, que procurava manter em funcionamento os contratos pendentes e, ao mesmo tempo, tentar novos projetos, muito embora lhe faltasse criatividade e real força de vontade para tanto.

Aquela manhã morna parecia propícia para colocar os pensamentos em ordem. Até na rua lá embaixo predominava um silêncio atípico para um dia normal de semana.

Fechou os olhos.

Seu pai deveria ter sido um pianista. Na verdade, Antônio

era um pianista, mas não vivia disso. Sem formação específica, havia iniciado uma empresa de consultoria em investimentos.

O negócio crescera. Havia muitos clientes, selecionados entre dezenas de outros que, simplesmente, eram rejeitados. De alguma maneira, aqueles que eram aceitos tinham algo que os fazia crescer financeiramente. Os resultados eram invariavelmente bons, frequentemente ótimos.

A consultoria, evidentemente, prosperou, tornando-se conhecida. Antônio se tornou uma espécie de guru dos negócios. No entanto, jamais abandonara sua personalidade reclusa. Recusava entrevistas e mantinha-se trabalhando discretamente em seu escritório, sentando-se ao piano algumas vezes durante no dia, o que aumentava, na verdade, o interesse sobre ele e sobre a empresa, que jamais se tornara maior do que as ambições um tanto restritas de seu fundador, que, assim, mantinha total controle sobre os negócios.

Nélson, após se formar em Direito, assumira a faceta social do empreendimento. Considerava-se carismático, mas na verdade, apenas preenchia, de maneira incompleta, o espaço deixado pelo caráter discreto de seu pai na curiosidade alheia.

A porta se abriu discretamente. Nélson ouviu uma suave batida. Parte de um rosto surgiu no vão.

— Vai querer um café?

— Bom dia para você também, Alice. Sim, por favor.

— Estamos bem tranquilos pela manhã. Acho que vou me limitar a trazer o café para você.

Nélson sentia um certo tom de acusação nas palavras da funcionária. Era como se Alice enxergasse através dele, capacidade que não era recíproca. Com Antônio sentado naquela cadeira, não havia manhãs vazias no escritório como essa.

Até quando conseguiria mantê-la ali? Ela era parte da engrenagem que antes funcionava mais que perfeitamente. Desde que seu pai a empregara cinco anos antes, não tinham experimentado problemas de organização. A jovem administradora, contrariando o que o senso comum poderia esperar de alguém como ela, absorvera, além de tudo, as funções de secretária, agendando e desmarcando compromissos e prestando auxílio ainda na seleção de potenciais clientes.

Tudo nela, para Nélson, era admirável. A começar pelos cabelos escuros e lisos na altura dos ombros, o nariz mestiço e a pele morena clara, o olhar castanho que quase o feria em alguns momentos, a inteligência articulada e a voz e o sorriso agradáveis, com os quais, há tempos, na verdade, ele quase não mais convivia, e os contornos proporcionais, que ele procurava discretamente desvendar com o olhar desde que a conhecera.

Incomodava-o, ainda, a dedicação dela a seu pai, que caminhava lado a lado com uma certa indiferença para com o herdeiro do proprietário da empresa, apenas disfarçada por seu profissionalismo.

Nélson sabia que o talento e a intuição de Antônio a fascinavam. O velho, por outro lado, a acolhera como uma sobrinha – ele preferia pensar assim –, e com ela tinha longas conversas sobre os negócios e música, assuntos que pouco interessavam, Antônio bem sabia, a seu próprio filho.

Será que, diante da atual conjuntura, Alice procurava uma posição em outra empresa? Essa ideia o incomodava, mas não havia condições para se dedicar a ela no momento.

O café veio em seguida. Nélson deixou a xícara de lado por um instante, levantou-se e pegou-a com a mão direita, sem o pires. Caminhou um pouco pelo escritório, tomando pequenos goles para não se acalorar, ohando para as lombadas dos livros colocados por seu pai na estante de maneira aparentemente desconexa. Havia publicações sobre música, política, psicologia. Gostaria de saber qual a obra preferida de Antônio, para talvez conhecer melhor sua trajetória e encontrar caminhos.

Sem dúvida seu pai era um apreciador da leitura. Podia se lembrar de momentos em que, ainda criança de colo, presenciava-o por horas sentado em uma antiga poltrona de couro devorando revistas e livros. Sentia-o como um estranho. Quieto, misterioso, inacessível.

Por vezes o pai o olhava rapidamente ao virar uma página. Sentia o olhar, mas não tinha vontade – ou experimentava algum receio, talvez, não lembrava – de correspondê-lo. Seria tal olhar terno, ou conteria alguma censura, ou mesmo algum arrependimento?

Essa lembrança o incomodou. Voltou-se para a escrivaninha, respirou fundo e engoliu o que restara do café.

3 – SÃO PAULO, 2011

Alice abriu a tampa do teclado do piano, localizado em uma pequena sala anexa ao escritório de Antônio. Deitou suavemente a orelha direita sobre as teclas, fitando o outro lado.

Havia uma porta, que dava acesso à saleta diretamente da sala do proprietário, mas ela estava trancada há muitas semanas. Contemplou o instrumento por alguns instantes e pressionou gentilmente algumas teclas, procurando se lembrar dos sons que ouvia seu chefe tocar durante as tardes. Sentiu que, de alguma forma, o piano a olhava de volta, e o ambiente, tão quieto por tanto tempo, se aquecia. Estaria o instrumento desafinado, após seis meses sem uso? Em pouco tempo, certamente, as teclas começariam a amarelar.

"Isso é um lá". É o que Antônio teria dito se estivesse ali.

Ele a havia ensinado os nomes das notas, mas seus conhecimentos não haviam ultrapassado essa noção mais do que básica. "Você pode combinar notas, adicionar mais duas, por exemplo, e tocá-las junto com a primeira. Está vendo? É um acorde, uma combinação de notas".

Nélson passou pela porta.

- Qualquer hora, vou mandar esse piano embora. Vai ser útil em algum outro lugar. Se o caso, compramos outro depois.

Alice não se virou, mantendo-se calada.

Em uma mesinha ao lado, alguns CDs estavam empilhados. Até aquele dia, ela não havia prestado atenção nisso.

No disco que estava no topo da pilha, um rosto negro, fotografado de perto em preto e branco olhava fixamente para algum lugar. Parecia um homem com uma missão. "A Love Supreme/John Coltrane", dizia a capa. Um dos preferidos de Antônio. Ele havia dito, certo dia, que após ouvir aquela música pela primeira vez, todo o resto parecera brincadeira de criança, de tão profunda que ela era.

"Coltrane era um homem de convicções profundas, inclusive no aspecto religioso", contou-lhe o patrão, "e extremamente talentoso. Um revolucionário da linguagem musical. Esta é sua maior obra, tão bela e avassaladora que lembra alguma força divina, que talvez se tenha apossado dele quando a compôs".

Alice decidiu levar o álbum para casa e ouvi-lo novamente. Tirou-o da pilha e o levou para sua mesa, guardando-o na bolsa.

Sentou-se em frente ao computador para repassar os compromissos da semana.

Os agendamentos haviam começado a pouco a pouco minguar. Notava que isso deixava Nélson em uma angústia silenciosa, e que ele não sabia o que fazer para manter as atividades do escritório no mesmo ritmo de outrora, assegurando a permanência dos clientes mais importantes. Sabia que o futuro da empresa não poderia ser dos melhores caso não houvesse alguma reviravolta. Era como um motor tentando continuar a funcionar sem sua engrenagem principal. Apenas por mágica isso seria possível.

O mundo de Nélson, bem sabia ela, era aquele dos conchavos, meias-palavras, favores e olhares furtivos, no qual a fonte de recursos não é cuidada para que continue rendendo frutos e se fortaleça, mas, sim, esgotada até o último suspiro, providenciando-se, é claro, para que a responsabilidade por isso recaia nos ombros de terceiros.

Percebera, no entanto, que nos últimos dias ele havia feito algum contato diferente. Não havia como saber se tal contato representava um novo cliente ou novas possibilidades de negócio. O fato era que, até aquele momento, Alice não havia sido atualizada sobre nada. O mais provável é que Nélson não tivesse informado o número de telefone do escritório, pois o interlocutor misterioso jamais havia telefonado.

Era claro, apenas, que por vezes Nélson fechava a porta de

sua sala e chamava, ele próprio, em seu aparelho celular, uma pessoa com quem conversava por alguns minutos. Alice pressentia que se cuidava de negócios, embora não houvesse nenhum dado objetivo que o apontasse.

De qualquer modo, algo, talvez uma presença de seu velho empregador, a advertia, como num sussurro abstrato, para que ficasse alerta quanto a isso.

4

Séculos atrás, no extremo oriente, vivia no campo um velho artesão, viúvo, que tinha três filhos. Seu talento para transformar a madeira era incomparável. Embora passasse boa parte do dia trabalhando na colheita de arroz, procurava se dedicar ao máximo à criação dos mais variados objetos com suas pequenas ferramentas de metal. Esquecia-se de tudo, ingressando em um mundo só seu, feito de imaginação e pura habilidade.

Para isso, sentava seu corpo esguio no chão em frente à sua casa modesta, no final da tarde, aproveitando o reflexo da luz morna e alaranjada que incidia sobre a parede frontal da cabana e a visão privilegiada que tinha das vastas planícies à frente.

Sua mais bela obra até então havia sido nada menos que toda a abóbada celeste, os planetas e estrelas, um a um, que pendurara no teto de sua casa, interligando os objetos para que girassem de maneira coordenada, num compasso equivalente ao passar dos dias, das estações, dos anos, para admiração de todos aqueles que ali entravam, e que chegavam a se deitar no chão para contemplar a obra.

Seria o tigre uma criação dos Céus ou das mãos finas e firmes do artesão, copiada depois pela Natureza? O mesmo não teria ocorrido com o macaco, ou o elefante? Por que não, se o amor é a maior força da Terra? Seria difícil concluir a respeito para alguém que, inadvertidamente, esquecendo-se da linearidade do tempo, olhasse para um de seus objetos.

Sua esposa havia sucumbido ao esforço do parto do terceiro filho. Sozinho, procurou criá-los como podia. Infelizmente, não podia talhar o futuro deles, como se fosse de madeira.

Embora os dois primeiros filhos, ambos residentes em suas próprias casas, já estivessem um tanto encaminhados na vida, já que o mais velho trabalhava na vila próxima auxiliando os magistrados da província, e o do meio já passasse seus dias na colheita e guardasse economias, o caçula muito o preocupava, pois tinha problemas para se concentrar.

Era muito quieto, não olhava as pessoas nos olhos e não se comunicava com elas. Como pai, a única solução que lhe veio após alguns anos de preocupação e reflexão foi a de usar seu talento para forjar algo que ajudasse seu descendente a melhor utilizar sua mente, abrindo as portas ainda fechadas de seu intelecto por meio da utilização do tato, talvez da coordenação motora.

O artesão não sabia o quanto sua intuição o ajudaria, por isso procurou ser o mais racional que sua sabedoria de vida permitisse. Para isso, observou atentamente o comportamento do filho durante muitos meses. Era preciso ir diretamente ao ponto, afetar de maneira positiva aquilo que o menino tinha de mais frágil.

Assim, um dia, percebeu que o pequeno gostava de observar os círculos concêntricos criados por pedras jogadas n'água. Notou, espantado, que o pequeno tinha enorme facilidade de contar os círculos, assim que olhava para eles.

Concluiu que deveria trabalhar com formas geométricas. Isso estimularia o raciocínio e a concentração do filho. Mas deveria haver mais.

Após algum tempo, o destino acabou por ajudá-lo. Um velho amigo, no aniversário do menino, o presenteou com um pequeno tambor e uma baqueta de madeira. O pequeno se interessou pelo instrumento a ponto de, com os olhos, deixar bem claro que queria saber mais sobre ele.

Em pouco tempo, aprendeu a criar ritmos e batidas de certa complexidade, que conseguia repetir depois, como se fossem verdadeiras composições exclusivamente percussivas.

No aspecto social, entretanto, não havia progresso. O menino continuava fechado, incomunicável muitas vezes.

Certo dia, quando solicitado que se apresentasse para algumas pessoas que visitavam seu pai, disparou pela chuva, correndo com os pés descalços pela estrada barrenta. O velho artesão procurou pelo filho por muito tempo, encontrando-o horas depois, ainda molhado, sob uma árvore, olhando fixamente para as nuvens.

Esse episódio fez com que o artesão concentrasse pacientemente ainda mais seus esforços, deixando de dormir por muitas e muitas noites para terminar seu trabalho.

Finalmente, ele criou um objeto, meio instrumento, meio brinquedo. Uma haste de madeira de aproximadamente dois palmos e meio, contendo vários conjuntos de pequenos círculos concêntricos giratórios, um sobre o outro. Cada um, ao ser movimentado, girava por vários minutos emitindo um determinado som. O artesão cuidou para que o ruído de cada círculo fosse único, de modo que as combinações de sons fossem infinitas, limitadas apenas pela criatividade e habilidade de quem os manuseasse.

Era possível fazer com que o objeto reproduzisse indefinidamente a mesma melodia percussiva, desde que se empregasse, para cada círculo, a mesma força e o mesmo movimento anteriormente utilizados, antes que os sons produzidos cessassem pelo enfraquecimento do movimento giratório.

Isso, evidentemente, exigiria muito poder de concentração e talento. O resultado, no entanto, nessa hipótese, acreditava o artesão, seria sem dúvida estupendo.

O instrumento era algo único, tão especial que dificilmente alguém deixaria de se maravilhar com ele.

O esforço para criá-lo, no entanto, significou demais para o velho artista. Dias depois de terminá-lo, sentado diante do sol poente, ele fechou os olhos pela última vez, extenuado, com suas ferramentas alinhadas no chão a seu lado e um pequeno pedaço de madeira nas mãos.

O menino, que já havia sido presenteado pelo pai com sua mais incrível criação, vendo-se só no mundo, desapareceu na planície.

Soube-se, depois apenas, que ele havia se tornado um próspero comerciante e proprietário, cujas habilidades nos mais variados campos se transformaram em lenda por toda a região.

Seu incrível instrumento de madeira, no entanto, foi mantido em segredo por ele e se perdeu no tempo.

5 – AMSTERDÃ, 1972

Antônio sentia o aroma do café. Levantava a xícara e voltava a pousá-la, indeciso. Olhava para as mesas ao redor e para a rua, as árvores, os veículos passando e o canal logo atrás, naquele momento com águas um tanto plácidas, refletindo as luzes ao redor.

Evitava consultar o relógio, pois isso o deixaria mais ansioso. Não sabia se fora vítima de algum engodo, mas valia esperar. O clima ameno da tarde de primavera certamente traria bons pressentimentos a qualquer um, por que não a ele próprio?

Um garoto se aproximou. Deveria ter uns nove ou dez anos. Vestia um suéter vermelho e calças curtas cinza, a mesma cor de seus olhos. Usava sapatinhos pretos, que pareciam pequenos demais para seus pés. Sua expressão era cheia de energia e inquietude.

O menino parou ao lado de Antônio, examinando suas feições. Parecia ser importante que ele se certificasse de algo, pois se concentrava, procurando, aparentemente, lembrar-se de informações que lhe haviam sido passadas. Não piscava, e os pequenos dedos, como se estivesse fazendo um cálculo.

Antônio se divertiu com aquela situação e sorriu. Antes que pudesse falar, no entanto, o menino balbuciou algo em holandês. Tirou um objeto do bolso, deixando-o sobre a mesa e saiu a correr, desaparecendo na primeira esquina.

Tratava-se de uma pequena chave, aparentemente de um cadeado, com um número: 13-B.

Era tarde demais para seguir o menino, que a essa altura já estaria muito longe. Antônio pegou o objeto, colocou no bolso de seu paletó e, seguro de que nada mais havia para fazer ali, retirou-se.

Haviam prometido algo, mas recebera um objeto que parecia ser apenas a metade do caminho para conseguir o que almejava. Já não mais conseguiria contatar o intermediário com que negociara, estava certo disso. Além de tudo, já não tinha mais muito tempo, nem dinheiro.

Teria que pensar rápido. Não poderia desistir, justo agora que estava tão perto. Tranquilizava-o apenas, de certa forma diante de ter recebido uma chave, o fato de que aquilo que adquirira poderia estar trancado, protegido, talvez dentro de um cofre. Mas onde?

Passou por sua cabeça a hipótese de ter sido realmente enganado. Sentiu raiva, chegou a ranger os dentes. Não, não era possível. Para que lhe entregarem, então, uma chave? Bastaria que o tivessem deixado esperando, até anoitecer sem nenhum sinal naquele café obscuro.

Andou a esmo por um tempo, pelas ruas estreitas do centro antigo. Espreitava as portas entreabertas, as janelas, enfim, quaisquer movimentos dentro dos edifícios, numa vã esperança de ter algum sinal. E se alguém, no meio do caminho, fizesse um gesto qualquer, chamando-o para usar aquela chave?

Nada aconteceu. A tarde esfriava.

Cansado, parou sobre uma das inúmeras pontes características da cidade, repousando os braços num espaço entre dois arranjos de flores. Olhou intensamente para as águas abaixo, distraído e um tanto desalentado.

Uma lancha passou, vagarosamente. Dentro dela, homens e mulheres jovens bebiam em taças e riam alto. Aquela era uma bela cidade para simplesmente viver, deixar-se perder, ser levado pelo destino, como aquela lancha, que levava seus passageiros num passeio agradável pelos canais.

Começou a sentir frio, uma certa fome, um enorme cansaço. Resolveu seguir o caminho do hotel. Antes, no entanto, resolveu parar numa pequena loja, cheia de objetos, alguns aparentemente bem antigos, espalhados a esmo. Ali, achou algo, uma pequena caderneta, para registrar por escrito suas andanças e sua busca. Talvez isso o ajudasse a organizar as ideias.

6

O caminhante resolve começar a visitar antiquários. Sabe chegar a alguns por memória, muito embora não consiga organizar as informações a respeito disso em sua cabeça.

Não se preocupa muito com tal fato, pois o importante, naquele momento, é prosseguir.

Ingressa no primeiro estabelecimento, uma pequena porta numa rua estreita, ao final de uma pequena ponte. Sente imediatamente um cheiro de passado, um misto de poeira e memória.

Não sabe por onde começar. Então, simplesmente, fica em pé, no meio dos objetos, passando os olhos por todo o ambiente.

A loja não parece ser das mais organizadas. Aparentemente, as coisas são depositadas a esmo sobre as prateleiras, umas em cima das outras, como memórias desorganizadas de alguém que vivera muitas aventuras diferentes.

O proprietário tem que ser alguém dotado de excelente memória visual para achar algo no meio daquela miscelânea.

Seus olhos buscam uma caixa, ou talvez um baú diminuto. Tem a impressão de que o objetivo de sua busca não pode ser algo muito grande. Deve ser possível carregá-lo com apenas uma das mãos, ou dentro de uma sacola.

Numa sala ao lado, há um rádio ligado, produzindo aquele som indistinto das programações a meio volume, cujo conteúdo importa menos que o ruído. Alguém deve estar por perto, envolvido com algum afazer rotineiro.

Apenas mais um dia. Aliás, que dia é hoje?

O caminhante ouve, no entanto, o que parece ser outra voz, vinda de outro cômodo. É uma voz feminina, que pergunta algo sobre compromissos da semana. Não há resposta audível, mas algo lhe parece muito familiar.

Aproxima-se do local de onde vem a voz, o que significa, naquele ambiente, não mais do que dar alguns poucos passos curtos. Nota, aliás, que está sobre um tapete que muda de cor à medida em que se caminha por ele, talvez por influência da luz, que ali dentro é bastante tênue, apesar de se estar bem no meio do dia.

Enquanto atravessa o tapete, sente a umidade e o cheiro típicos de uma mata, chegando a ter a sensação, por segundos, de ouvir a queda d'água de uma cachoeira.

Intuitivamente, leva a mão esquerda ao bolso, em busca de sua caderneta. Talvez ali haja algo a anotar.

O caderninho é seu instrumento de trabalho mais importante, ao lado, talvez, de seus sapatos. Já não sabe quantas daquelas pequenas páginas preencheu com informações que, depois, se mostraram cruciais para a resolução de seus problemas.

Um objeto chama, no entanto, sua atenção: está sobre uma mesinha, num canto esquecido, e certamente teria passado despercebido não fosse aquela voz feminina.

Posta-se quieto novamente, em respeito à cautela, que sempre lhe foi generosa, e tenta ouvir, ou sentir no ar algo mais. Assim fica por alguns minutos, até ter certeza de que nada mais há ali para ele.

A tarde já avança quando o caminhante deixa a loja. Leva consigo um objeto que, não sabe ainda o motivo, chamou sua atenção em meio a milhares de outros: um pequeno livro, certamente já um tanto desatualizado, sobre a cidade de Amsterdã.

7 – SÃO PAULO, 2011

Ao chegar em casa, Alice, como sempre fazia, tirou os sapatos e esticou as pernas no pequeno sofá de seu quarto. Embora a tarde já avançasse, não acendeu as luzes. Preferiu a tênue claridade que ainda vinha de fora e penetrava, amigável, pelas frestas abertas.

Depois de vários anos trabalhando no escritório de Antônio, sentia-se, agora sem a presença do patrão e mentor, bastante desconfortável naquele lugar.

Vinha pensando, nas últimas semanas, em deixar o emprego. Talvez até mudar-se para outra cidade, quiçá outro país. Havia um vazio agora em sua vida, que a incomodava tanto quanto os modos e a presença de Nélson.

Alice sabia que o filho do proprietário sempre agiria de forma mesquinha. Seu trabalho para manter o negócio em funcionamento tinha por objetivo apenas garantir o seu modo de vida e nada mais.

Novamente sentiu, ao deixar seu chaveiro e sua bolsa, desajeitados, sobre a poltrona de estar, o incômodo receio de que Nélson acabasse por optar pela realização de transações ilegais. Não queria participar disso. Além do mais, o passar do tempo ia gradativamente dissipando as esperanças de retorno de Antônio.

Agitou nervosamente a cabeça, na tentativa de espantar, ainda que brevemente, seus pensamentos.

As sombras transeuntes do teto, aliadas aos ruídos do final do dia, que insistentemente chegavam da rua, foram minando sua concentração. Estava cansada, afinal de contas, em razão das tensões e incertezas dos últimos tempos.

Lembrou-se do CD de Antônio, que havia colocado em sua bolsa. Pegou-o e com ele caminhou até o quarto, deixando-o sobre a mesa de cabeceira. Deitou-se, esticou o braço esquerdo até a borda da cama e o pegou. Observou novamente a capa e a contracapa. Leu desatentamente os créditos.

Fechou os olhos por alguns minutos. Levantou o tronco e colocou a música para tocar no aparelho portátil com que o próprio chefe lhe havia presenteado.

A essa altura, já estava completamente escuro lá fora.

As primeiras notas tocadas no saxofone tenor de John Coltrane eram realmente marcantes.

O som ecoou livremente pelo quarto. O líder do quarteto tocava de forma convicta e enérgica, movido por uma paixão avassaladora. Era impossível ignorar seu foco, as tensões que criava sobre a harmonia da canção, seguidas de momentos de alívio e de novas tensões em seguida.

Aquela música era algo belo e, ao mesmo tempo, intensamente tocante e ameaçador em alguns momentos. A intensidade continuou num crescendo até que, em dado ponto, os músicos, como que num mantra, passaram a cantarolar o título do álbum, esclarecendo de onde viria a energia que permeava sua performance.

O cansaço, a escuridão e a intensidade da música fizeram com que Alice tivesse a sensação de estar flutuando, até que ouviu, ou pareceu ouvir, um ruído próximo da porta de entrada, seguido de outro vindo do corredor da cozinha, no momento em que se iniciava um rítmico solo de piano, na segunda canção. Intrigada, deixou o quarto.

*****

Alice não sabia dizer há quanto tempo estava sentada próxima à porta de entrada, que dava para o comprido corredor do hall. Caminhara do quarto até ali e se sentara, como se alguma coisa a chamasse. Sentiu medo, pois havia algo, ou alguém, do outro lado da porta, que existia e respirava mas, estranhamente, parecia fazê-lo em outro ponto, talvez quilômetros distante.

Tal presença estava, no entanto, de alguma forma ali, e apenas a porta os separava. Se a abrisse, Alice sabia em seu íntimo, tudo esvaneceria.

Fez menção de levantar-se, mas desistiu rapidamente, diante de uma sensação de urgência, de ameaça, como se algo se debruçasse sobre a porta, a ponto de derrubá-la e invadir a sala.

Arregalou os olhos na escuridão e procurou controlar a respiração até que ela se normalizasse.

Então, conformada, ali ficou em silêncio. A música ainda percorria o apartamento e ali chegava sibilante, em razão da distância a vencer até seus ouvidos. Fechou os olhos e aguardou que tudo passasse. Assim, adormeceu.

8 – AMSTERDÃ, 1972

A primeira opção de Antônio foi a estação Amsterdam Centraal. Era um dia movimentado, e o centro da cidade fervilhava com transeuntes indo e vindo.

Chegou na frente do belo prédio e admirou seu estilo neorrenascentista, deixando-se parar e erguendo os olhos para admirar suas paredes vermelho alaranjadas. Olhou, separadamente, para as duas torres laterais mais altas, contendo um relógio e os pontos cardeais, e depois para a parte central da fachada, contendo o brasão da cidade.

A estação, aberta ao público no final do século XIX e construída sobre ilhas artificiais no lago IJ, agradava a Antônio, parecendo-lhe um belo exemplo de arquitetura, com sua fachada que o remetia a construções medievais. Antes de entrar, virou-se e admirou as águas da Baía de IJ, bem em frente.

Uma brisa gelada movimentava as bandeirinhas das embarcações adiante.

Antônio respirou fundo e admirou a vista, da esquerda para a direita. O céu estava cinzento, mais claro do que as águas tão típicas da cidade. O traçado da parte central da cidade fora todo baseado no desenho dos canais, num total de mais de cem quilômetros de corredores de água. Os três principais haviam sido construídos no século XVII, de forma concêntrica ao redor da baía.

Uma maravilha do design, pensou Antônio, assim como o antigo objeto em cujo encalço se encontrava naquele momento.

Ingressou na estação. Já havia admirado antes os arcos internos e os detalhes do teto, sempre amarelo avermelhados. Mas novamente elevou o olhar, deixando-se levar por alguns instantes.

O *bagagekluizen* ficava na parte leste da estação. Embora o setor de cofres alugados funcionasse durante as vinte e quatro horas do dia, preferiu ir até o local em um momento de grande movimento, pois não confiava que sua integridade estivesse garantida. Não sabia quantas pessoas agora tinham conhecimento do que estava fazendo e do objeto que, acreditava, em breve estaria em suas mãos.

Amsterdã, repleta de colecionadores, antiquários e comerciantes de pedras preciosas, era o local perfeito para Antônio finalizar sua busca. Muito havia ocorrido desde que a iniciara, sem saber, no princípio, se realmente chegaria a algum lugar.

Agora, mal podia conter sua ansiedade. Acreditava que aquela chave pertencia a algum cofre da estação. Tratava-se de intuição apenas, mas seu coração palpitava, pois sabia, no íntimo, que sairia dali com alguma resposta.

Caminhou para o lado direito, pelo corredor cheio de passageiros apressados, procurando as indicações disponíveis nos letreiros espalhados no local.

Às vezes olhava discretamente para trás, para verificar se algo ou alguém poderia parecer suspeito. Tal atitude representava quase um reflexo, muito embora não fosse, de maneira nenhuma, treinado para isso.

Todo o tempo, segurava a chave firmemente no interior de seu bolso.

Atravessou todo o flanco direito, e chegou ao salão onde se encontravam os cofres. Assim que olhou em volta, uma enorme decepção se abateu sobre ele.

Não havia nenhum cofre com o número 13-B.

Desolado, ainda agarrava fortemente a chave, sentindo-se como se todo o sangue tivesse subitamente deixado suas veias. Olhou para cima, sentindo os olhos umedecerem. Não havia a menor possibilidade de retornar à estaca zero. Não havia tempo, disposição nem recursos para isso. Sentiu novamente um cansaço, do qual seu corpo momentaneamente se esquecera, se abater sobre ele.

Desviou, lentamente, o olhar para frente.

Vislumbrou, uns cinco metros adiante, uma criança com a mãe. O menino fez com que se lembrasse do pequeno que, na véspera, lhe havia dado a chave. Era um pouco menor, mas vestia roupas parecidas e tinha o mesmo jeito atento e, ao mesmo tempo, inocente.

Sentiu um impulso de se dirigir à criança, como se ela pudesse, repentinamente e por mágica, com a aproximação, se transformar no menino do dia anterior.

Nesse instante percebeu que o pequeno, olhando para a mãe, apontou para cima, chamando a atenção da genitora para o alto-falante da estação.

Antônio, instintivamente, passou a tentar ouvir os sons e falas que vinham de lá. Em meio aos anúncios que se seguiam, distinguiu, então, claramente, a expressão *kwart over drie*, que, de maneira pausada e destacada, pareceu ser dirigida diretamente para ele.

Seu coração, imediatamente, disparou. Reconheceu, claramente, a expressão que o menino, na véspera, lhe havia dito ao entregar a chave.

"Três e quinze", um horário. Evidentemente, o horário de saída de um trem. Com as mãos trêmulas diante da iminência de uma descoberta, tirou a chave do bolso e olhou novamente para o número e letra que jamais conseguiria esquecer: 13-B era, agora ele via claramente, a indicação de uma plataforma.

9 – SÃO PAULO, 2011

Nélson olhava-se no espelho. Dormira no pequeno sofá do escritório e, ao despertar, arrastara-se, indeciso, até o banheiro. Sentia dores nas costas, nas têmporas, na alma. Ao menos a bexiga manifestava algum alívio, após seguidas horas de incômodo, intrometendo-se em seus sonhos irregulares.

Procurava desenhar, com os dedos delgados, de algum modo, uma forma nos cabelos castanho-claros, mas já um tanto grisalhos. Desistiu em poucos instantes, voltando sua atenção para seu próprio olhar, os núcleos verde-acastanhados envoltos em torpor róseo.

Lavou o rosto, massageando a testa e o nariz curto e fino e esfregando nervosamente a barba por fazer. Ajeitou as vestes da melhor maneira que pôde. Tornou à escrivaninha. Catou, com indiferença, alguns objetos que deixara espalhados e saiu à rua. Talvez um café forte o ajudasse.

*****

Havia percorrido, na noite anterior, um caminho de poucas quadras que o levara ao único edifício amarelo das redondezas. Ali permaneceu alguns instantes. A janela da unidade que lhe interessava estava entreaberta, mas as luzes estavam apagadas.

Alice, pensou ele, já dormira, embora isso contrariasse uma sensação, um tanto forte, de que ela estava acordada no escuro, talvez em razão da posição do vidro da janela. Pensou em pegar o telefone. Desistiu.

Notou, instantes depois, que mesmo assim o aparelho celular teimara em ir parar em suas mãos. Abandonou, no entanto, a ideia de qualquer ação ou contato. A dúvida acerca do quanto ela sabia, do que seu pai havia confidenciado a ela, ainda permaneceria. Ela não parecia pronta para contar-lhe nada, se é que havia algo a contar.

Nenhum movimento havia da rua para dentro, ou o inverso. Atravessou-a a passos curtos, como se suas pernas tentassem convencê-lo a voltar. Caminhou um pouco para leste, deu meia volta e seguiu a oeste, em direção ao socorro desprovido de conforto que, sabia, alguns copos lhe trariam.

10

Um menino de olhos castanho-esverdeados caminha com seu pai.

Na floresta cinza não há nada além das árvores altas de troncos finos e da neblina que os segue, rápida, ávida por alguma companhia. Há um ruído de queda d'água vindo da lateral, algumas dezenas de metros atrás da cortina de troncos e arbustos. A criança, que vive em seu próprio mundo mas neste momento interage intensamente com o entorno, segura fortemente as mãos do adulto, que parece mais alto que as árvores, seguro, de olhar firme e determinação inabalável.

O frio corta sua pele, penetra no nariz e em sua garganta seca. O pai estanca os passos repentinamente, volta-se para o filho e se abaixa, sujando os joelhos de terra. Tira o gorro e os óculos de sol. Seus olhos estão marejados. Ele abraça o menino e o deixa só na bruma. O menino sabe que não deve gritar nem pedir para que ele volte. Senta-se numa pedra, livra-se de suas luvas, sentido o ar gelado nas mãos, e retira, de uma caixa que carregava, um objeto. É esse o momento de descobri-lo.

*****

O pai retorna horas depois. A criança, ao chão, dorme um sono tranquilo sob o céu do entardecer.

O objeto está a seu lado, ainda produzindo um ritmo cadenciado e envolvente. A criança acorda, olha para seu pai e sorri.

O tempo, pensa o pai, é um mistério, um enigma, uma armadilha. Seu filho, para o bem e para o mal, agora está preso nela. No contraste, a dor. Começa a aventura.

11 – SÃO PAULO, 2011

Nélson já havia estado naquele mesmo estabelecimento.

Ainda chocado com as notícias sobre seu pai naquele momento, no sentido de que não havia como prever se acaso ele se recuperaria, ele acabara ali, perdido, cheio de dúvidas e remorsos. Até tal episódio, nunca notara aquele bar na vizinhança, que lhe era bastante conhecida. Sentara-se a uma mesa, localizada do outro lado do salão.

Enquanto aguardava, aproximou-se um homem que não lhe pareceu familiar, usando um sobretudo pouco apropriado para a época do ano, óculos e barba por fazer.

Não era jovem, tampouco jovial em seu aspecto. Parecia apressado e aparentava estar ali a trabalho. Não se tratava de um mero cliente do bar mas, certamente, não era um funcionário.

— Soube de seu pai, sinto muito. — Disse o homem, ainda em pé. Ele tinha um sotaque, difícil de identificar.

Instintivamente, Nélson levantou-se e, estendendo a mão direita, procurou cumprimentá-lo, já indagando:

— Obrigado. É um cliente? Não me recordo, desculpe.

— Temos interesses em comum. Antiguidades, vamos dizer assim.

O homem se sentou. Nélson, sentindo-se numa desconfortável posição de anfitrião e sem saber exatamente o que fazer, ajeitou-se na cadeira e passou o indicador direito na testa, procurando o que dizer, já que o homem, após a vaga informação anterior, simplesmente o fitava, como se nada mais precisasse informar.

Sabia que seu pai tinha grande interesse por todos os tipos de arte, por música e literatura, mas também pelo cinema, teatro e pintura. Recordou-se, involuntariamente, como num sonho instantâneo, de visitas a museus, ainda criança, segurando a mão esquerda de Antônio que, lá de cima, por vezes, lançava ao filho olhares confiantes ao vislumbrar um objeto ou obra de interesse, como a dizer, "olhe só, filho, mais uma maravilha produzida pela humanidade".

Lembrou-se, ainda no átimo de minuto em que sua interação com aquele estranho ainda se desenhava em meio ao silêncio, de uma brincadeira que criara com o pai, inspirada em "O Grito", de Munch: após verem um dos quadros pintados pelo norueguês, o menino e o adulto, quando distantes um do outro dez ou quinze passos, ou um pouco mais, vez ou outra imitavam o transtornado personagem da pintura, fazendo, um para o outro, o famoso gesto desesperado retratado pelo artista.

— Seu sorriso indica que sabe a que me refiro. –Completou finalmente o homem, levantando-se rapidamente. — Vou deixá-lo à vontade.

Nélson não sabia, na verdade, a que ele se referia. Teve vontade de pedir para que o estranho se sentasse novamente, mas o desejo de ficar só e o incômodo daquela presença foram mais fortes.

Respondeu ao aceno de cabeça que lhe foi dirigido, e deixou ir seu interlocutor.

Agora, alguns meses depois daquele encontro incomum, sentado a uma mesa localizada do outro lado do salão, lembrava-se claramente do ocorrido, olhando para aquele canto onde estivera, e se arrependia. Concluiu o óbvio: aquele homem conhecia seu pai e poderia ter informações importantes, ou ajudar em algo. Assim, novamente sentado ali, lembrou-se e concluiu: esse era o homem a ser encontrado.

Certamente ele teria informações interessantes, algo a respeito de seu pai que poderia ajudar a encontrar um recomeço, o fio da meada a respeito de sua empresa, de sua maneira de agir e pensar. Por onde, no entanto, começar? Por que aquele indivíduo não mais o procurara?

Concluiu que o encontro anterior fora obra do acaso, e que

ele não representava nada para o homem, além de ser filho de Antônio, fato que nada mais significava.

O garçom, um homem maduro e de aparência serena, reforçada por suas vestes de trabalho meio amarrotadas, aproximava-se. Nélson acenou discretamente, sendo atendido com um olhar atento e dois ou três passos de aproximação.

— Trabalha há muito tempo aqui?

A resposta veio com um discreto sorriso, como se o desenrolar da conversa, em seus contornos básicos, já se descortinasse.

— Ah, tempo suficiente sim, senhor. Algo em que os meus calendários usados possam ajudar?

Nélson inclinou-se levemente para trás, relaxando o tronco, sem desviar o olhar.

—Algum tempo atrás me encontrei casualmente com um senhor, ali do outro lado do salão. Ele veio conversar comigo porque conhecia meu pai. Era calvo, alto, magro, tinha a pele muito clara e parecia ter uns setenta e cinco anos. Pelo que me lembro, usava óculos. Tinha um sotaque forte, acho que europeu, talvez alemão?

A pergunta não era exatamente sobre o sotaque, o que foi perfeitamente compreendido.

Distorcendo levemente o nariz e a sobrancelha e desviando o olhar para o teto, o garçom balbuciou algo para si mesmo e, a seguir, veio a resposta.

— Não fazemos reservas aqui.

— Perdão, nunca o viu, é isso?

— Não poderia dizer muito além disso, senhor. Conheço esse sujeito, ele tem aparecido por aqui. Já o procuraram antes e, ao que parece, é sempre ele que acha as pessoas. Não fazemos reservas, e não o sei nome dele, nem quando vai dar as caras. É alguém muito discreto, do tipo que não parece fazer nada de maneira... — Olhou para cima novamente. — Quero dizer, de maneira casual. Tem certeza de que o conheceu por acaso?

Parecendo ignorar ansiosamente a pergunta, Nélson respondeu com outra, em forma de afirmação:

— Preciso me encontrar novamente com esse senhor.

Estendeu a mão, com um cartão do escritório e uma nota de dinheiro.

12

O caminhante para em frente a uma loja de instrumentos musicais.

Ao entrar, sente deixar para trás todo o caos da rua, parecendo-lhe que ingressa em um universo totalmente diferente. Uma viagem de anos-luz feita em alguns segundos, como se a mente fosse uma espaçonave poderosa.

Sente o guia de Amsterdã dançando no bolso de sua calça, a lembrá-lo de que não deveria perder o foco de sua busca. A intuição, no entanto, sempre lhe foi importante, e algo o faz crer que poderia se lembrar ou concluir algo ali, naquele local.

A loja é grande e está vazia no momento.

O caminhante observa o pé-direito alto, paredes com violões e guitarras pendurados. Parece sair música das paredes, notas dispersas, dissonantes, formando uma amálgama sonora indefinida.

Gosta do colorido que os instrumentos pendurados e a música caótica, tudo a parecer que brota da parede, imprimem ao ambiente. Os vendedores parecem entretidos com afazeres, o que lhe agrada, pois ser abordado por um deles poderia atrapalhar sua concentração. Não quer, de qualquer modo, comprar nada ali.

Dirige-se diretamente ao setor de percussão. Quer observar os instrumentos, tocá-los, familiarizar-se com eles. Em meio ao caminho até o fundo da loja, outro objeto, um livro grande encadernado em espiral, chama sua atenção.

Para em frente à prateleira e olha, discreta e instintivamente, para os dois lados e para trás. Na capa, uma foto em preto e branco. O título, "A Love Supreme - John Coltrane". Pega o livro e passa a folheá-lo.

É um livro de partituras. Conhece o álbum, lembrando-se

mentalmente do tema principal. Começa a bater, discretamente, o pé esquerdo no chão, como se fosse um metrônomo, e a cantarolar a música.

— Você é músico? — Uma vendedora se aproxima lentamente por trás, sem que ele tenha percebido. Vira-se.

A moça deve ter uns trinta e poucos anos, tem a pele morena, cabelos lisos na altura dos ombros e lábios pálidos. Os olhos, de um castanho-escuro profundo, são grandes e expressivos. Tem um sorriso leve e agradável, que parece ao caminhante o de uma criança, como se a suavidade das expressões da infância se tivessem conservado mesmo após a maturidade. Não é especialmente alta ou magra, tendo as feições harmoniosas.

A pergunta parece particularmente difícil de responder. O caminhante estranha sua própria hesitação. Sorri tristemente, de forma involuntária.

— Estranho, difícil de dizer. Talvez tenha sido, um dia.

A vendedora torce os lábios e levanta as sobrancelhas, parecendo tentar disfarçar o interesse.

— Se quer recomeçar, talvez essas partituras sejam um salto muito grande, quero dizer, um pouco complexas. Posso sugerir algo diferente?

Não há resposta. O caminhante continua a folhear o livro, mas não quer que ela se vá. Deseja ouvi-la falar mais sobre o livro e sobre aquela música.

A vendedora parece entender suas expectativas.

— Essas partituras, salvo engano, contêm tudo o que está gravado no disco, até os improvisos, tudo. É bem complicado, acho. Quer que chame alguém mais especializado?

Não, não chame. Fale mais.

— Para falar a verdade, conheço pouco sobre isso. Gosto até, já ouvi por aqui, mas nunca prestei muita atenção nos detalhes. É bem diferente.

Sim, eu me lembro. Muito intenso. Fale mais.

A moça continuou a entender seu silêncio e seus gestos.

— Acho que alguém aqui já me disse que é a obra-prima dele. Um sujeito genial, parece.

Sim, deveríamos ouvir de novo.

— Vou ouvir de novo, qualquer hora dessas...

Ouvir aquela música novamente, segundo parece ao caminhante, traria alguma conexão importante e, de alguma forma, aquela estranha, que lhe parece na verdade um tanto familiar, seria o veículo, a ligação.

Essa conclusão, um tanto inusitada, soa, no entanto, muito natural para ele.

Enquanto folheia as partituras, parece-lhe que ouve nitidamente a faixa-título do álbum, nota por nota.

Com o livro nas mãos, senta-se sob a prateleira. Então percebe que a música que saía das paredes, na verdade, era aquela canção.

Ouve os músicos cantando o título, em uníssono, de maneira hipnotizante: "A Love Supreme, A Love Supreme, A Love Supreme...".

Deixa a loja com as notas iniciais da primeira partitura gravadas na memória, mas sem saber o nome de sua interlocutora.

13 – SÃO PAULO, 2011

Alice acordou lentamente, virou-se várias vezes na cama. Enterrou a cabeça no travesseiro e assim ficou por alguns minutos, até se convencer de que não tinha alternativa ao ato de se levantar e encarar o dia, desafiando a gravidade, seu estado de espírito e a própria vida, que parecia insistir em deixá-la em uma encruzilhada.

Pensou em seu patrão, seu olhar castanho-esverdeado tão reconfortante nas manhãs do escritório, no entusiasmo com que estudavam cada novo projeto.

O processo por meio do qual ele atingira a maturidade e estabilidade, considerada sua infância retratada por ele em algumas breves oportunidades em conversas espremidas entre reuniões e compromissos, ainda a intrigava. Talvez, agora, a intrigasse para sempre, dadas as circunstâncias atuais.

Sempre foram evidentes sua inteligência incomum e a facilidade para lidar com números e padrões – quaisquer que fossem eles –, mas o óbvio parecia terminar aí. Talvez algumas entrevistas com sua ex-mulher – como ela a receberia, como encararia suas intenções? – e, após, com os médicos, poderiam ser muito úteis na busca de uma recuperação.

Quem sabe reunir todos para discutir o caso? Nélson jamais havia, ao que soubesse, sequer cogitado tal possibilidade. Não falava com a mãe, por tachá-la de difícil, irascível, resumindo-se, quanto aos médicos, a conferências burocráticas e padronizadas, muitas vezes por telefone e, não raro, sequer de iniciativa sua.

Não havia outros filhos ou familiares. Assumir a frente dessas iniciativas acabava por se mostrar, a cada dia, mais inevitável.

Mais uma vez se indagava sobre os motivos que poderiam tê-lo levado ao estado em que se encontrava. Um extremo cansaço, em razão de sua trajetória? Algo que, até então dormente, aflorara do passado para assombrá-lo?

Foi à cozinha para comer algo e, ao olhar para a sala, lembrou-se do pesadelo da véspera, sem ter certeza de que se tratara realmente disso.

Agitou a cabeça para buscar objetividade: aquele dia era um dos raros em que haveria compromissos agendados no escritório. Assim, procurou, ao menos por algumas horas, concentrar-se no trabalho que tinha adiante. Um cliente antigo, por que não, poderia ter respostas, ou ao menos sugestões a dar, ainda que sem a intenção para tal.

Após o banho, animou-se novamente. Era um novo dia, estava viva e consciente. Saiu para a rua, com o CD de Antônio novamente na bolsa. Tinha planos para ele.

No caminho, lembrou-se de um comentário de seu chefe, feito anos antes. "O ritmo é tudo. É a espinha dorsal, pelo menos para mim. Ele dá sentido ao som. Muitas vezes, quando você não conseguir entender o que está ouvindo, deve prestar atenção ao coração da música, ao palpitar dela. Quando você entender a pulsação, a métrica, ficará mais fácil compreender o que está ouvindo. De certa forma, compreender isso salvou minha vida. Ainda conto a você essa história, um dia desses".

Alice se lembrou de que enquanto ele falava, batia um dos pés no chão, marcando um tempo que parecia imaginar em sua cabeça, como se fosse um metrônomo.

14 – HOLANDA, 1972

No interior do trem, Antônio procurava se distrair com a paisagem. O verde certamente acalmava seus olhos, e ele procurava, de alguma forma, transmitir essa serenidade à mente, tentando encontrar algum canal de comunicação consciente entre a visão e a alma.

Passou por uma casinha vermelha, em frente da qual brincavam algumas crianças. Virou-se para olhar um pouco mais para aquela cena, enquanto ela ficava rapidamente para trás.

Por alguns segundos, permaneceu com o tronco torcido, para capturar e guardá-la na memória. Pensou em como ela ficaria em um Van Gogh, trêmula, fluida, sem delimitação exata entre um fato e outro, como o passado.

Tudo o que fazia visava a resgatar algo que ocorrera em sua infância quando seu pai o permitira ter contato com um objeto único, muito especial, que lhe ajudaria a ter consciência de si mesmo e a interagir com o resto do mundo, voltar-se para fora.

De algum modo, ter noção da métrica do tempo de maneira concreta, fazendo com que o passar dos segundos pudesse ser medido, controlado, percebido pelos sentidos, havia feito aflorar sua capacidade de se colocar inteiramente diante da vida, de maneira intencional.

Naquela oportunidade, sob as altas árvores da floresta, sentado próximo às raízes, contemplando o caminho percorrido pelos troncos até as alturas, ele havia encontrado o eu.

Seu pai, pelo que se recordava, seguira alguma espécie de ritual, deixando-o sozinho em algum ponto naquele local ermo, no qual, aparentemente, teria ficado por várias horas, procurando alguma lógica em tudo o que ocorria à sua volta e, ao mesmo tempo, adquirindo exatamente a capacidade de fazer isso com maior naturalidade.

Antônio sabia que, antes disso, vivia envolto por uma neblina, num mundo fluido, solto, apartado daquele em que as outras pessoas estavam. Suas descobertas, a partir de então, seguiram-se num passo frenético. Lembrava-se bem dos sorrisos abertos e satisfeitos de seu pai que, discretamente, mostrava uma alegria plena e serena ao ver o filho evoluindo, o que, antes, deveria parecer impossível.

Como ele havia descoberto aquela maneira de salvar o filho? Estudando, pesquisando métodos alternativos, ou por acaso? Talvez, com o objeto em mãos, algumas pistas surgissem a respeito.

Ainda pela janela do trem, um moinho passou, girando ao vento. Conseguiu calcular, olhando para ele por um brevíssimo intervalo, quanto tempo as pás levavam para dar um giro completo.

15 – SÃO PAULO, 2011

O colecionador acordou. Sentiu a umidade típica de seu quarto à sua volta, abrindo e movendo os olhos para as frestas da janela atrás de sua testa. Apenas a escuridão poderia acolhê-lo para iniciar mais um dia, para colocar as ideias em ordem.

Algo de promissor, finalmente, se materializava no horizonte, ainda em fase embrionária. Refutava a noção de que apenas isso o preservava do vazio de sua existência.

Seu segundo movimento, quase involuntário, foi olhar para um objeto, sua maior conquista, que repousava na velha mesinha bem à direita do sofá sobre o tampo de madrepérola. Saudou-o, dizendo seu nome bem baixinho, com um sorriso no canto do lábio: "*zhangda*".

Lembrou-se mais uma vez de como o obtivera. Observara durante muito tempo o seu portador, após anos de procura por personalidades que se encaixassem no perfil de pessoas que, ao longo da história, haviam utilizado o objeto ou tido algum contato com ele. Árdua tarefa, pois a discrição seria, talvez, uma das principais características a considerar.

Antes de perceber isso, no entanto, voltara sua atenção, por muito tempo, para ganhadores do prêmio Nobel, físicos, professores. Desesperara-se. Aquele antigo artefato oriental, cuja própria existência era duvidosa, um mito entre aqueles que já tinham ouvido sobre ele, era o que precisava para coroar sua vida de conquistas.

Soube do *zhangda* em uma conversa num obscuro café na região da Antuérpia, décadas atrás. Seus interlocutores, em voz baixa, comentavam sobre sua possível origem, o material de que talvez fosse feito (provavelmente uma mistura de madeiras e bambu), da provável precisão nos encaixes. Diziam que já teriam sido feitos desenhos ou esquemas, perdidos no tempo, a exemplo do próprio objeto.

A história que lhe haviam narrado ali brevemente se tornou, naquele mesmo momento, uma obsessão, a começar pelo nome com que haviam modernamente batizado o artefato, uma mistura livre e provavelmente um tanto imprecisa, em mandarim, das palavras "bastão" e "instrumento de percussão".

Decidiu, silenciosamente, naquele dia, que iria buscar a verdade.

Precisava saber se realmente se tratava de algo real, necessitava vê-lo, tocá-lo, ter em suas mãos não um ponto na história, mas vários, várias vidas diferentes, realizações certamente magníficas, entrelaçadas por algo em comum. A partir de então, investiu a maior parte de suas forças e recursos para alcançar esse objetivo.

*****

O *zhangda* escapara por pouco de suas mãos, no interior da Holanda, décadas atrás. Estivera por muito tempo observando os discretos moradores de uma residência, numa pequena cidade.

Teve certeza de que o objeto estava sob poder deles. Arquitetou sua ação por alguns dias, até ter segurança de que conseguiria entrar na casa e tomar posse dele.

No dia planejado, no entanto, havia um terceiro na casa, que o impedira de tomar posse do precioso bem. Não sabia dizer exatamente como isso ocorrera, pois tudo ficou confuso em sua cabeça naquele momento. Perdera, então, todas as suas pistas.

Anos depois, deparou-se, entre muitas outras personalidades, com o dono de uma consultoria bem sucedida, que se tornava conhecido, mas evitava a notoriedade. Não se sabiam ao certo suas origens, sua formação.

Embora estivesse cansado de tantos palpites sem resultados em tantas oportunidades, resolveu apurar se, ali, poderia haver algo de concreto.

Mandou verificar de onde vinha seu investigado, como

trabalhava, como era sua rotina, o porquê de seu sucesso profissional, onde havia estado no passado.

Percebeu, principalmente, que o tal Antônio Prado tinha em suas mãos um empreendimento realmente diferente e potencialmente grande, mas mantido em níveis discretos, com o crescimento represado de maneira intencional, como que para evitar qualquer suspeita sobre algo, por mais remota que tal possível suspeita pudesse parecer.

Diante disso, abandonou suas especulações sobre outras personalidades, concentrando-se mais e mais em Antônio. Tornou-se cliente e assíduo frequentador do escritório e, aos poucos, passou a se familiarizar, até, com seu mobiliário.

Mas isso não parecia ser o bastante. Pensou em se tornar mais íntimo do proprietário, mas ele jamais o permitiria.

Aproximou-se, então, gradativamente, de seu filho, alguém menos reservado e, ao mesmo tempo, ávido por percorrer caminhos separados do pai, com o objetivo de obter vantagens e dividendos paralelos.

Foi fácil perceber suas fraquezas e, aproveitando-se delas, tornar-se seu confidente, preenchendo lacunas, no espírito de sua vítima, que, por incompatibilidades, ciúmes e inabilidade, seu pai havia deixado.

As informações esparsas que, aos poucos, foi obtendo, aumentaram sua certeza.

Obteve, além disso, algo sem o que seus objetivos não poderiam ser completados: o próprio acesso àquele escritório, em horas improváveis, para conversas e, mais interessante, bebedeiras com seu amigo mais jovem.

Levava, em noites previamente combinadas, sabedor de que ninguém mais estaria ali naquele horário, garrafas raras para compartilhar com ele, passando horas a ouvir informações e confissões, fingindo, ao mesmo tempo, que também fazia as suas.

Quase conseguia sentir seus caninos se alongando nos momentos em que, livre para passear furtivamente à meia-luz por entre as salas, pesquisava cantos, possíveis gavetas escondidas sob escrivaninhas e cofres atrás de quadros.

Pensava que, se o artefato se encontrasse com Antônio, poderia estar ali, em algum pequeno local escondido, por ser mais útil para ele no trabalho do que em casa.

Numa noite, então, resolveu, mais uma vez, procurar pelo objeto na sala do piano, mas com uma abordagem diferente. Deitou-se no chão, com uma pequena lanterna na mão esquerda.

Percebeu, então, que o assento do banco do piano se projetava para baixo, o que era impossível de perceber ao observá-la de cima. Certamente havia um compartimento ali.

Esgueirou-se, pelo chão mesmo, colocando-se sob o banco. Bateu na madeira com a mão direita fechada. Levantou-se, afoito, certo de que o tampo se abriria.

Mas não, aquele segredo não viria tão fácil.

O tampo estava trancado, muito embora não fosse possível visualizar nenhuma chave ou trava. Seu coração disparou. Largando a lanterna no chão, passou as mãos, rapidamente, por todo o contorno do banco, sem encontrar nada.

Nesse exato momento, ouviu seu anfitrião chamá-lo pelo corredor, percebendo pela sua voz que cambaleava. Desligou a lanterna, mantendo-se ali mesmo, calado, imóvel, no chão, respirando pausada e silenciosamente. Se esperasse tempo suficiente, certamente Nélson pensaria ter sido deixado sozinho ao cochilar, bêbado, no sofá, e iria embora também.

Esperou por longos minutos, até que ouviu a porta da rua se fechando. Na penumbra mesmo, com a lanterna entre os dentes, levantou-se e, num impulso, virou o banco de pernas para o ar.

Ali estava o fecho, na parte de baixo do compartimento, discreto, quase invisível na madeira. Apenas o localizou por direcionar o feixe de luz diretamente ali. Destravou-o com um rápido movimento, virando novamente o banco. O tampo se abriu facilmente, com um rangido suave de madeira. Dentro, uma longa e rasa caixa de carvalho, também trancada.

Abri-la, no entanto, não seria tarefa difícil. Com ela sob o braço, correu em direção à janela daquele cômodo mesmo. Nélson desativara o alarme e, embriagado, deixara-o desligado ao sair. Em poucos segundos, ganhou a rua, tendo em suas mãos o bem mais precioso de que já tivera conhecimento.

Ainda não era, no entanto, hora de partir. Evidentemente, não havia manual de instruções para aquele instrumento. Era preciso vê-lo funcionando na prática, de preferência com a possibilidade de filmá-lo, para depois rever os movimentos, todos eles, tanto do objeto quanto das mãos e dos olhos de seu usuário.

Assim, precisava saber mais acerca de como o antigo portador o utilizava. Seus movimentos teriam que continuar a ser discretos e, para agravar a situação, agora não mais iria ao escritório para não se expor.

Havia, além disso, um outro objeto, um caderno de anotações, com o qual tivera um breve e inusitado contato no passado, que poderia ser valioso nesse sentido, e que não estava ali. Assim, seria preciso, por ora, acompanhar os passos daqueles que eram próximos a Antônio e avaliar, a cada momento, como faria para finalizar sua empreitada e deixar o país, para nunca mais voltar.

16 – SÃO PAULO, 2011

O entorno do escritório estava em silêncio. Era uma manhã de outono nublada, e uma brisa fria soprava juntamente com uma garoa fina que umedecia as orelhas e o nariz. Alice tateou o interior de sua bolsa achando a chave da porta da frente. Entrou e desligou o alarme digitando a senha programada ainda por Antônio anos antes: 13B13B.

Ao entrar, percebeu que tinha muito trabalho pela frente antes da reunião. Havia papéis espalhados pela mesa da recepção e os tapetes estavam deslocados pelo chão, dando ao ambiente um ar de desleixo. Nos tempos atuais, pensou, nada disso parecia muito estranho.

Pôs-se a fazer uma rápida arrumação. Lembrou-se, ainda, da necessidade de atualizar a minuta de contrato de prestação de serviços que costumavam mostrar aos clientes. O papel precisaria estar pronto e impresso por uma questão de organização.

Há vários meses a minuta não era revisada. Embora Nélson tivesse a formação para isso – teoricamente, ao menos pensou, tal formação poderia ser bastante útil nessas situações – jamais se interessara por se debruçar sobre o texto, que era produto exclusivo da mente de Antônio. Um documento enxuto, limpo e racional, que trazia de forma clara as obrigações e expectativas de cada parte. Jamais haviam tido qualquer problema com ele, o que Nélson por vezes declarara ser fruto de sorte, já que seu pai não tinha a formação para elaborar um contrato à prova de problemas. Indagado acerca de quais seriam eles, prometera por diversas vezes fazer sugestões, pois os entraves e dissabores eventuais, no mundo contratual, eram inúmeros.

Nélson pertencia, pensou Alice, enquanto procurava pelo arquivo no computador, a um mundo de ideias indefinidas, fluidas, que se adaptavam às necessidades.

Seu discurso acompanhava essa maneira de ser. Não se recordava de ter ouvido dele uma frase objetiva, concreta e certeira. Nada era o que era. Não havia opiniões firmes sobre nenhum assunto, tudo poderia ser distorcido ao sabor das circunstâncias. Esse tipo de visão de vida havia dado causa a inúmeros conflitos com seu pai, cuja conclusão, evidentemente, havia sido sempre habilmente evitada.

Alice estava certa, de alguma forma, de que pessoas com essa mentalidade ainda dominariam por completo a nação num futuro próximo.

Recordou-se de um dos últimos projetos de Antônio, um curso para capacitação de novos talentos. Sua ideia era transmitir conhecimentos na área financeira para jovens mentes promissoras, que poderiam ajudar a formar grupos de profissionais que, no futuro, tanto na área privada quanto na pública, poderiam trazer alguma racionalidade às atividades e planejamento econômico do país.

Nélson o interpelou, criticando sua ideia. Não seria justo peneirar potenciais candidatos, escolhendo apenas os mais talentosos. Onde estaria a responsabilidade social perante aqueles que não haviam sido agraciados com talento ou alguma capacidade especial?

Enquanto se recordava do episódio, arquejando irritada, procurava, já na sala de Antônio, pelo *pendrive* do chefe no qual estaria a última versão do documento.

Olhou as estantes, as lombadas coloridas dos livros, que pareciam cumprimentá-la amigavelmente – uma reminiscência de seu dono – vislumbrou a porta do cômodo do piano entreaberta e, finalmente, a mesa de trabalho.

Havia três gavetas no lado direito. Sentou-se na velha poltrona de couro e, por uns instantes, reclinou-se, fechou os olhos e arfou novamente, abrindo-os e fitando o teto. Havia um leve tom amarelado refletido ali, pois o sol timidamente começava a aparecer lá fora.

Abriu a primeira gaveta. Instintivamente, estendeu o braço até o fim, tateando como fizera, instantes antes, com sua bolsa. Seu indicador encontrou algo, comprido e fino, preso, encaixado, no canto superior esquerdo, bem ao fundo da gaveta, que não era, no entanto, um *pendrive*.

Tratava-se de uma chave de metal dourado, tipo *Yale*, com a cabeça em forma de octógono. Nela, uma velha inscrição, um tanto apagada, na qual se podia ver, das três letras ou números, apenas o do meio: um "3".

A chave não parecia pertencer a nada por ali. Alice a observou mais um pouco, virando-a nas mãos e batendo-a, leve e repetidamente, no tampo da mesa.

Não achou o *pendrive* em nenhuma das outras gavetas, mas a chave despertara sua curiosidade. Guardou-a no bolso do *blazer*.

*****

Nélson tentou conduzir a reunião de forma objetiva, o que causou surpresa a Alice. Seus trejeitos, olhares e frases eram claramente uma tentativa, apenas parcialmente exitosa, de simular a presença de seu pai na sala.

Estava de posse de uma via impressa da minuta de contrato. Indagado posteriormente, respondeu que trabalhara nela nos últimos dias. Alice folheou os papéis rapidamente, nada encontrando que pudesse alterar substancialmente seu conteúdo.

Tranquilizou-se momentaneamente de qualquer modo. As coisas não pareciam estar totalmente fora de controle afinal. Depois, ao refletir melhor sobre a situação e sobre as falas de Nélson, percebeu, no entanto, que ele, na verdade, parecia ter outros planos, outros objetivos. Seu desempenho, ali, era apenas destinado a ganhar tempo. Não haveria, como sempre, algo de concreto, ou algum real conteúdo em suas ações.

Indagou-se, já deixando a serenidade de lado, por quanto tempo seria possível manter as aparências.

Outras informações, no entanto, chamaram sua atenção, de forma ainda mais contundente. O cliente era um velho conhecido, fez perguntas pessoais, não apenas sobre Antônio, mas também sobre terceiros.

Alice percebeu que Nélson, ao ser indagado sobre outro contratante dos serviços do escritório, agitara-se de maneira um tanto disfarçada. Arregalou os olhos e enrijeceu-se, parecendo ter tomado consciência de algo inusitado ou surpreendente, ao repetir, na forma de pergunta, o nome daquele cliente.

Disse, incomodado, nada saber de recente sobre ele, mudando de assunto de forma preocupada, sem a espontaneidade disfarçada que forjara nos anos de trabalho com o pai. Alice o encarou insistentemente, recebendo em troca um olhar furtivo e, de certo modo, carregado de culpa, uma culpa escondida, enterrada, ao que lhe pareceu de forma inconsciente, e que aflorara ao se ligarem fatos que, até então, pareciam não ter nenhuma conexão.

Decidiu que, assim que possível, revisaria os contratos que seu patrão assinara com tal pessoa.

Decidiu, ainda, muito embora não visse nenhuma reação positiva de Nélson quanto à sugestão que lhe fora dada, procurar, de alguma forma, um especialista cujo nome o cliente mencionara, capaz de avaliar o estado de Antônio e trazer alguma luz para sua situação de saúde.

Absoluta apatia. Era o que Antônio transmitira de início, conforme descrito ao cliente por Nélson. Essa apatia se aprofundou rapidamente, para uma total ausência de autocuidados e, ao final, uma quase catatonia, que, pouco depois, resultou exatamente nisso.

Antônio não estava em coma, disse Nélson, mas era como se estivesse, completou Alice, a que o cliente assentiu pesaroso. Visitas? Possíveis, mas inúteis, responderam. Perspectivas? Apenas de futuras reuniões com os profissionais que o atendiam.

Durante o resto do dia, Alice silenciou. Sabia que não conseguiria extrair nenhuma revelação de Nélson e, ao mesmo tempo, não queria que ele suspeitasse de suas intenções. O comportamento dele, no entanto, na aparência ao menos, não diferiu muito disso. A pretexto de trabalhar em projetos, Nélson trancou-se em sua sala.

17 – HOLANDA, 1972

O trem em que embarcara, rumo ao interior saindo da Amsterdam Centraal, começou a desacelerar. Aproximava-se a primeira parada. Inseguro, Antônio procurou rapidamente revisar o itinerário, mais uma vez na busca de alguma informação para nortear suas ações a partir dali.

Ainda tinha em seu bolso a chave, que não sabia onde usaria. Ela certamente deveria ter algum propósito.

Com a parada completa, resolveu descer. Se não descobrisse nada por ali, sempre poderia pegar o próximo trem com a mesma rota e seguir em frente.

Incomodava-o, entretanto, essa indefinição. Estava cansado, mas a busca ainda o motivava. Encostou no balcão do café e pediu despretensiosamente um expresso.

O aroma da bebida o estimulou, e olhou melhor ao redor. Chamou sua atenção a balconista, uma moça de meia altura, de pouco mais de trinta anos, dona de pequenos olhos castanho-escuros, nariz arredondado, pele muito clara e cabelos lisos na altura do ombro. Ao olhar para Antônio, sorriu discretamente. O belo sorriso pareceu iluminar tudo em volta e o animou ainda mais.

A mulher, então, perguntou algo em holandês. Antônio procurou fazer uma careta simpática, indicando não compreender.

— Ela perguntou para onde você ruma. – Disse um homem que estava a seu lado.

Antônio virou-se para ele, com um sorriso.

— Não sei bem, na verdade, por incrível que possa parecer.

— Esta é uma bela cidadezinha. Se quiser conhecê-la, damos uma volta, meu táxi está bem à frente da estação. Há bons hotéis e restaurantes. Está viajando a turismo ou a negócios?

— Eu diria que isso depende do momento. Neste segundo, estou tendendo para o turismo. Sinto-me bastante cansado.

— Deixo-o no centro, onde poderá se sentar e tomar um bom vinho, pensando na vida e em seus próximos projetos.

Antônio pensou rapidamente e concluiu que nada de mau lhe poderia acontecer e, afinal, precisava relaxar, o que poderia, na verdade, ajudá-lo mais do que a apreensão em que se encontrava.

Partiu com o motorista, deixando para a mulher do balcão uma gorjeta. Do taxista, já se virando para ir, ela recebeu uma discreta uma piscadela.

Em frente à estação, entraram em um velho Mercedes Benz preto. As chaves estavam no contato. O motorista, que contou se chamar Jenkin, abaixou seu vidro, apoiando o cotovelo esquerdo na porta. Virou-se para Antônio, descontraído.

— Bem-vindo ao meu escritório que, por sinal, precisa de uma limpeza. Espero que não se incomode.

— De maneira alguma. Estava frio lá fora, é bom entrar no carro.

— O Sol ainda vai aparecer e esquentar o dia. Recomendo um passeio à tarde à beira do Amstel. Muito agradável. Se comprar uma tela e uns pincéis, garanto que poderá produzir uma bela pintura. — Completou descontraído.

Rumaram ao centro. Jenkin indicava construções, ruelas e pequenas pontes pelo nome, resumindo algumas histórias da cidade.

— Vivi aqui desde sempre. Minha mãe faleceu quando ainda era criança e fui criado por tios, que também já morreram há muito.

— Não tem outros familiares?

— Apenas minha irmã. Um cuida do outro. Ela mais de mim, ultimamente. Você a conheceu.

— A moça do café?

— Maya. Ela gostou de você, posso dizer com certeza, e isso não significa pouco. É uma jovem muito desconfiada. Passamos maus bocados juntos. Mesmo numa cidade pequena como essa, o mal pode se apresentar com veemência para jovens órfãos.

Antônio pensou nos cabelos escuros, nos olhos vivos de Maya e, principalmente, no seu sorriso. Seu rosto permanecera vívido na memória.

Jenkin continuou:

— Recomendo um daqueles hotéis, apontando para uma rua atrás da praça pela qual passavam. Podemos combinar uma corrida para amanhã, deixo-o de volta na estação, para voltar para a capital ou para prosseguir viagem rumo ao interior.

Era uma via calma, com poucos transeuntes. Podia ver as fachadas dos estabelecimentos do outro lado, escolhendo desde logo um hotel antigo e bem cuidado, atentando para os jardins repletos de tulipas arroxeadas.

Tirou os sapatos ao entrar no quarto e se deitou, pensando que não seria má ideia deixar tudo para trás e se estabelecer ali.

*****

Antônio despertou já no meio da tarde. Sentia-se bem, parcialmente recuperado das tensões e do cansaço vividos até aquele momento.

Tentou repassar sua caminhada até ali, desde que recebera a informação de que o objeto que procurava deveria estar na Holanda.

Tal informação havia sido dada por um antigo amigo de seu pai, que, alguns anos antes de morrer, ainda segundo o mesmo amigo, tivera que se desfazer do objeto, que guardara durante muitos anos em sua casa de maneira muito discreta.

Contou-lhe o tal amigo que ele próprio jamais havia ouvido nada a respeito, até que, numa noite descontraída, enquanto conversavam e bebiam na varanda de sua casa, foi-lhe contada uma história fantástica, quase inverossímil, sobre um instrumento que teria, de certa maneira, capacidades terapêuticas, e que teria sido usado por Antônio ainda na infância, recuperando-o de uma condição descrita como "muito limitante".

Antônio tentou se lembrar de como o homem descrevera aquela conversa, que acontecera tantos anos atrás.

— Seu pai me disse que iria se desfazer do instrumento, que não podia mais ficar com ele. Perguntei como ele o obtivera, mas a explicação não fazia sentido. Disse o ter obtido durante a guerra, mas, até onde eu saiba, ele jamais se alistou. Não sei se ele utilizou esse termo como uma metáfora. Ele contou que recebia ameaças para entregar o objeto.

Antônio havia se decidido a procurar o *zhangda* um pouco antes dessa conversa, quando ouviu histórias a respeito em um círculo de conversas literárias com colegas de faculdade, momento em que se lembrou dele. Calado, naquele mesmo instante, decidiu obter mais informações.

Sua curiosidade, aliada a lembranças longínquas e imprecisas, acabou por se tornar uma obsessão. Não obteria nenhuma informação de seu pai, já falecido, após, nos últimos anos, ter-se tornado um velho calado e taciturno. Antônio, até então, não sabia o quanto essa condição era resultado de se ter desfeito do instrumento.

*****

Guardando para si tais memórias, vestiu-se e saiu. Caminhou por cinco minutos até a margem do rio, como recomendado pelo chofer de táxi.

Sentou-se em um banquinho e olhou as águas escuras por alguns minutos. Fechou os olhos, respirou fundo e, quando os abriu, percebeu que alguém mais se sentara ali.

Maya apenas sorriu com o canto dos lábios e acenou com a mão, como se tivessem combinado de se encontrar ali. Antônio, um tanto desconfiado da coincidência, não resistiu, no entanto, ao sorriso que teimou em se abrir, emancipado de sua suspeita, em seu rosto.

— Você sabia que eu estava hospedado por aqui?

A resposta era óbvia.

— Sim, meu irmão o trouxe, certo?

— Costuma passar pela redondeza neste horário?

— Desde hoje, sim.

Era impossível não desconfiar das atitudes dos irmãos, embora nada indicasse que tivessem segundas intenções. Queriam, no entanto, era certo agora, aproximar-se, por algum motivo. Saberiam alguma coisa a respeito de Antônio e de sua busca?

— Você tem ideia das razões pelas quais estou aqui?

— Há algo a respeito de você que chamou nossa atenção. Você está à procura de algo.

Antônio se virou para a frente, imediatamente, acompanhando o curso do rio, que seguia cauteloso para a esquerda. Eles sabiam de algo, ou de tudo, dúvida restava apenas com relação ao quanto. Mas suas intenções eram boas ou não?

Era certo que, quisessem os irmãos ajudá-lo ou prejudicá-lo, pensou, ele não conseguiria evitar.

Estava preso em uma armadilha. Sentiu-se minúsculo, à mercê de dois gigantes holandeses, que poderiam esmagá-lo ou, talvez, solucionar seus dilemas como num passe de mágica.

Sua curiosidade e certa intuição de que nada de mau ocorreria o mantiveram, no entanto, exatamente no mesmo local, sentado à espera de possíveis revelações. A proximidade de Maya, da qual podia perceber ali de soslaio apenas o balançar ao vento da barra da saia e dos cabelos, também o pregava ali naquele banco, imóvel.

— Como eu disse, — continuou Maya, — sabemos que você está à procura de algo, ou seja, você ainda não o obteve. Portanto, não podemos tirar nada de você, não se preocupe.

Antônio se manteve calado, demonstrando não estar convencido.

— Somos órfãos, você soube.

Antônio assentiu.

— Jenkin cuidou de mim, pois sou bem mais nova. Mas, antes disso, algo ocorreu. Nossa família sofreu uma tragédia, que o traumatizou profundamente. Na verdade, ele não poderia cuidar sequer de si mesmo, quanto mais de outra pessoa.

Antônio se virou para ela, desta vez contra a correnteza do Amstel. Maya sorriu novamente.

— Ele tinha problemas, certo?

— Você sabe o que quero dizer, não sabe? Sim, e algo o fez entrar em sintonia com o mundo. Como uma terapia bem-sucedida.

— Vocês já estiveram com o *zhangda*?

Maya sorriu. Levantou-se, lépida e graciosamente.

— Sei que você tem perguntas. Mas, antes, precisamos nos conhecer melhor. Meu irmão passará à noite para pegá-lo, caso aceite meu convite para jantar conosco. — Concluiu, já se afastando.

Deixou o local sem esperar resposta ou olhar para trás. Maya parecia ver a vida como algo descomplicado, muito ao contrário de Antônio, sempre envolto em expectativas e ansiedade. Isso o atraía e fascinava.

Ainda desconfiado, sem querer admitir que o convite estava aceito desde o instante em que fora feito, pensou em ficar por ali, contemplando o rio enquanto pensava a respeito.

Seria aquilo uma armadilha? Os irmãos pareciam bem-intencionados, mas não havia garantia nenhuma disso. Eventuais boas intenções, que sua intuição, aliás, parecia insistir em indicar, sequer faziam sentido.

*****

Jenkin chegou pontualmente ao hotel às oito horas. Antônio, evidentemente, estava pronto, sentado na poltrona do quarto, fitando o telefone. Assim que o aparelho tocou, levantou-se e se dirigiu ao *lobby*, sem atender. No caminho, dentro do táxi, preferiu ficar em silêncio.

O taxista apenas agradeceu o fato de que o convite feito por sua irmã fora sido aceito, perguntando se Antônio gostava de cozido de carne. A resposta foi positiva, mas transpareceu tensão e insegurança. Jenkin apenas arrematou o trajeto dizendo para Antônio não se preocupar com nada.

Ao entrarem na casa, uma simpática residência pequena, com um quintal florido e bem cuidado, contando com um pequeno passeio de pedras da rua até a porta de entrada, Antônio ouviu ruídos vindos da cozinha, que ficava do lado esquerdo da sala.

Maya terminava algo e logo surgiu. Vestia uma camisa branca de botões e uma saia azul clara, semelhante à que usara à tarde. Estava descalça, com os cabelos soltos. Cumprimentando o convidado com um sorriso amigável, quase angelical e, Antônio poderia jurar, cheio de boas intenções, ela disse ter uma história para contar. Sentaram-se.

— No início da década de 1940, a Holanda foi submetida a intensos ataques por parte dos nazistas. As cidades de Roterdã e Amsterdã, em particular, sofreram enormemente. O exército holandês foi reduzido a um quarto de seu efetivo. O país foi invadido em poucos dias e o governo exilou-se na Inglaterra. Mais de cem mil judeus holandeses foram levados aos campos de concentração.

Houve atitudes heroicas para esconder judeus dos nazistas. Muitos sacrifícios foram bem-sucedidos nesse sentido, mas a sobrevivência não deixou de vir, para muitos, com grande sofrimento.

Havia um comerciante aqui em nossa cidade, casado com uma judia.

Era relativamente próspero, o que permitia que se dedicasse a seu filho de dez anos de idade, que apresentava alguns problemas comportamentais. Mantinha-se isolado do mundo, parecia não ter interesse em interagir com nada além de seu universo particular. Gostava de padrões rítmicos e numéricos e parecia ter grande habilidade com eles.

Antônio, sentado confortavelmente no sofá da sala de Jenkin e Maya, ouvia atentamente a narrativa feita pela moça. Por vezes, desviava os olhos para Jenkin, para fitar suas reações.

— Esse menino era você, não era?

Nenhum dos dois respondeu. Jenkin apenas sorriu levemente, voltando-se novamente para a irmã caçula.

Maya continuou.

— O comerciante desesperava-se para fazer algo pelo filho, e passou a pesquisar a respeito, a consultar pessoas das mais variadas especialidades e a viajar pelo país em busca de informações, tratamentos, soluções.

Antônio, curioso, ajeitou-se, mostrando absoluto interesse.

— Pouco antes da invasão nazista ao país, ausentou-se por um longo período, deixando sua mulher grávida e o pequeno. Nesse meio tempo, os três acabaram por ter que se esconder na casa de amigos, que se arriscavam para protegê-los dos alemães. A vida era difícil. Quase nada havia para comer, e viver escondido e de favor era algo absolutamente terrível. A essa altura, a filha caçula já havia nascido.

As notícias a respeito do pai e marido não vieram por um longo período. Num dia frio de inverno, um mensageiro jovem, macérrimo e com as roupas muito surradas chegou à porta.

Trazia, amarrado na parte de trás de sua bicicleta, um pacote embrulhado. Disse que era endereçado a uma senhora judia. Garantiu não ser um espião nazista. Disse que trazia aquele pacote de longe, com instruções precisas, tendo procurado pela destinatária por meses, viajando de noite, para não levantar suspeitas. Disse que a inteligência alemã, por algum motivo, sabia de seu pacote e queria seu conteúdo, que ele desconhecia. Nunca o tinha aberto, por temer por sua vida.

É claro que a presença de judeus naquela casa foi negada veementemente.

O mensageiro insistiu, mencionando o nome do comerciante desaparecido. Escondida no porão, a esposa ouvia a conversa e via parte das feições do mensageiro por uma minúscula fresta.

Algo que ele disse despertou nela a necessidade de verificar a situação com seus próprios olhos, deixando o cuidado de lado, o que poderia, evidentemente, ser mortal naquelas circunstâncias.

Sem pensar por mais nem um segundo e confiando na sua intuição, ela subiu e foi até a porta. Quando olhou nos límpidos olhos do mensageiro, sujo, emagrecido e desgastado, tendo chegado àquele estado apenas para cumprir uma missão, soube que suas intenções eram sinceras. Saiu da casa, no frio da tarde, os pés descalços na relva gelada, e o abraçou, chorando.

— Ela sabia o que havia no pacote? — Antônio indagou.

Os irmãos se entreolharam. Foi Jenkin quem prosseguiu.

— Nosso pai havia feito uma promessa. Amava sua família e estava convencido de que podia fazer algo para propiciar um tratamento para minha...condição, por assim dizer. Ele era um sujeito teimoso e muito, muito persistente. Ela devia ter alguma ideia do que havia ali. Foi o que ela nos disse, tempos depois.

— O que houve com ele? Vocês vieram a saber?

— Ele morreu na mão dos alemães, que queriam o *zhangda*. Isso nos traz muita dor até hoje. Mas ele sempre esteve conosco, de alguma forma, desde então. Nunca nos desunimos, mesmo após a morte de nossa mãe poucos anos depois.

Maya continuou.

— Jenkin foi capaz de cuidar de mim mesmo sendo muito novo. Tornou-se responsável, hábil na prestação de serviços. Especializou-se em mecânica, era procurado por todos para consertos de motores. Desistiu de uma carreira de engenheiro para ficar comigo aqui, onde achou que eu estaria segura e feliz.

— E a família que os escondeu dos nazistas? — Antônio perguntou curioso.

Maya prosseguiu.

— O filho mais novo, Bartel, era muito ambicioso. Tornou-se comerciante após o final da guerra. Foi embora para Amsterdã, levando consigo a relíquia que papai nos deixou. Sabemos que o *zhangda* não esteve com ele todo o tempo. Ele o negociou, provavelmente ganhando muito dinheiro. Era viciado em heroína, no entanto, e morreu sozinho num albergue sujo.

— O *zhangda* deve ter rodado o mundo, segundo cremos. — Completou Jenkin. — Sabemos que esteve com sua família por um tempo.

— Então, vocês não sabem onde ele está, certo? — Antônio indagou.

Os irmãos se entreolharam novamente, sorrindo levemente.

— Um velho amigo de nosso pai, dono de uma loja de antiguidades no centro de Amsterdã, acabou por tê-lo em suas mãos por obra do acaso alguns anos atrás.

Antônio o conhecia. Um misterioso dono de loja de antiguidades, com quem, após muita procura, obtivera informações vagas e, finalmente, a chave que o levara à *Amsterdam Centraal*. Certamente, os irmãos haviam sido contatados por ele a respeito, o que dava sentido aos acontecimentos recentes.

— Ele o entregou a vocês?

Maya se levantou e estendeu as mãos para Antônio, olhando em seguida para o irmão, que assentiu:

— A relíquia faz parte de nossas vidas e sua importância é indiscutível para nós. Mas ela representa muita dor, a dor da perda, do sofrimento. A cozinha fica por minha conta, voltem em quinze minutos.

Antônio se levantou imediatamente, segurando pela primeira vez as mãos de Maya, que as estendeu para ele. Olharam-se e sorriram espontaneamente. Por um segundo, ele chegou a se esquecer de sua busca e das revelações que acabara de ouvir.

A anfitriã o conduziu pelo pequeno corredor da casa, até um quartinho nos fundos, virando-se para ele ao acender a luz.

Emocionado, quase sem perceber, e guiado por algo mais forte que qualquer noção de conveniência ou sentido, Antônio pôs sua mão esquerda na cintura de Maya e, com a mão direita sobre seu rosto, puxou-a levemente em sua direção. Ela sorriu novamente, os olhos escuros brilhando. Ali ficaram, em silêncio, um olhando para o outro, por algum tempo. De algum modo, o rosto e a presença de Maya o encantavam e aturdiam, de um modo que jamais experimentara.

Voltaram para a sala com as mãos entrelaçadas, de posse de uma comprida e rasa caixa de madeira.

A caixa estava trancada, mas Antônio tinha, em seu bolso, em meio a notas esparsas de dinheiro e seu passaporte, a chave que a abriria.

Ele olhou em volta, inclusive em direção à cozinha, não encontrando mais ninguém por ali.

— Onde está Jenkin?

— Ele tinha coisas a resolver nas cidades próximas. Parece que demoramos um pouco mais do que o esperado ali dentro. — A moça completou, sem se desafazer do seu sorriso único. — Acho que ele não mencionou a você: é presidente da associação de taxistas da região. Volta em alguns dias. Mas ele deixou o jantar pronto!

Antônio não voltou ao quarto do hotel naquela noite, nem nas seguintes. Suas buscas pelo *zhangda* e por uma direção para sua vida haviam terminado de uma só vez.

18 – SÃO PAULO, 2010

Nélson fora interpelado por um cliente estrangeiro, um europeu um tanto excêntrico que há algum tempo se aproximara dele, após celebrar alguns contratos com seu pai, no corredor do sobrado que servia de escritório da empresa após uma reunião de trabalho.

O pretexto era conversarem sobre aspectos legais da informatização dos dados de portfólio dos contratantes dos serviços de consultoria. A conversa desviou para a informática pura, seus inúmeros recursos disponíveis naqueles tempos e para a própria história do desenvolvimento dos computadores.

— Há, *herr* Nélson, alguns momentos obscuros nessa história, no entanto. Eu sou fascinado por esse assunto. — Dizia o cliente, com seu sotaque marcante.

Nélson, disfarçando sua impaciência, por se tratar de um tema que não o atraía em absoluto, levantado, no entanto, por um cliente reputado importante, ouvia, assentindo.

— Achei que toda essa história, por ser relativamente recente, estaria muito bem documentada.

— Dá para voltarmos, por exemplo, quase duzentos anos. A filha de Byron, sim, aquele mesmo, o poeta, uma condessa do Século XIX, escreveu sobre a possibilidade de máquinas capazes de computar dados, não exclusivamente matemáticos, mas até informações relacionadas à música, por exemplo. Qualquer coisa que pudesse ser estabelecida em termos de relações mútuas de dados. Ela chegou a divisar uma máquina capaz de compor peças musicais, embora rejeitasse a ideia da inteligência artificial.

— Certo, mas os seus escritos e a sua vida, assim como a de seu pai, estão muito bem documentados, eu imagino.

— É aí que quero chegar. Há relatos truncados e não confirmados sobre a existência de artefatos, ou de ao menos um deles, criados, talvez, séculos antes disso.

— Jamais ouvi falar a respeito.

O cliente sorriu com o canto da boca. Seus olhos brilharam intensamente, o que acabou por chamar, definitivamente, a atenção de Nélson para a conversa.

— É isso que me fascina como colecionador de objetos. Já ouvi de um meticuloso trabalho em madeira, repleto de discos minuciosa e cuidadosamente forjados, que se encaixam e giram com uma precisão quase sobrenatural. Ele seria capaz de produzir música, percussão, para ser mais preciso. Teria sido produzido há vários séculos, no oriente, provavelmente na China.

— Não me parece nada digital, não no sentido moderno, pelo menos.

— E não é, ou, talvez, seja mais do que parece. É certo que o seu criador não pensou num sistema binário, ou em contagem discreta. Mas, de maneira genial, foi capaz de criar um dispositivo *programável*, algo com que inventores, físicos e matemáticos, um século depois da Condessa de Lovelace, ainda sonhavam. Disse que os padrões rítmicos que esse artefato seria capaz de reproduzir podem atingir um nível de complexidade notável, a depender de seu operador.

— Alguém com uma especial habilidade motora?

— Talvez. Mas, mais do que isso, alguém com uma capacidade especial de memorizar padrões matemáticos ou, mais precisamente, rítmicos. Alguém capaz de criar peças musicais percussivas que poderiam ser, depois, executadas pelo artefato, e repetidas posteriormente. É possível imaginar um concerto de um homem só. Algo como um *orchestrion* artesanal, surgido séculos antes dos primeiros instrumentos desse tipo. O interessante é que seu tamanho seria relativamente pequeno, algo de aproximadamente sessenta ou setenta centímetros de comprimento.

— Meu pai adoraria ter contato com esse objeto.

— Penso que sim. — Respondeu o cliente, os olhos fixos

adiante, fitando um momento no passado. — Realmente, penso que sim.

*****

O colecionador, em meio à conversa, se recorda de um dia passado: no silêncio de seu quarto, lê um antigo texto. Seus dedos esguios deslizam pelas páginas, acariciando-as.

Mencionam-se forças antigas, que transcendem as corriqueiras noções de tempo e espaço dos homens, e a possibilidade rara de dominá-las que alguns possuem.

Esse poder, no entanto, é limitado, enclausurado dentro das mentes daqueles que o dominam, pois tais pessoas não se comunicam, não se socializam, ao menos de maneira clara.

O falcão sobrevoa sua presa como fez ontem, como fará amanhã. A presa se esconde, sem saber ou se importar com sua posição em relação ao sol ou ao eixo da terra.

Se o homem se põe no lugar do falcão, ele experimenta algo novo, que sua consciência aguçada não permite normalmente. Da mesma forma, um menino fechado em si mesmo pensa involuntariamente em números e suas relações. Move sua cabeça repetitivamente e olha para o vazio, onde o tempo pouco importa e, assim, não o atinge. Não é seu corpo perecível que significa algo, mas sua mente transcendente, que está em todos os lugares e em todas as frações do tempo, que chamamos de momentos, movimentando-se livremente.

Há um antigo artefato, diz a escritura, capaz de, quando corretamente manipulado, transportar seu portador, como o menino, para fora de sua vivência infinita e para dentro da armadilha do tempo. É possível que o caminho inverso seja percorrido e de volta? Teoricamente sim, desde que o objeto seja habilmente manobrado.

O colecionador sorri na penumbra. Ele quer o objeto, quer o poder único que ele propicia. Ele merece tal poder e o conhecimento que virá com ele. Assim começa sua busca.

*****

São Paulo, 2011

Nélson, sentado em seu escritório, a olhar, perdido, para

a tela de seu computador, se recordava, agora, daquela estranha conversa.

Que intenções estariam sob a superfície daquela fala sobre objetos antigos? Parecia haver algo. O mesmo cliente mencionado na reunião encerrada há pouco, lembrou-se, estivera no escritório algum tempo depois, após o expediente. Depois desse dia, nunca mais o vira.

Coincidentemente ou não, a saúde de Antônio, nas semanas seguintes, começou a apresentar problemas, culminando, em poucos meses, com seu estado atual.

Ao se lembrar do discurso do cliente e da menção um tanto enigmática que ele fizera a seu pai, Nélson, intrigado, o coração pesado, começou a se perguntar se haveria relações entre uma coisa e outra.

Poderia ser apenas um devaneio, mas, de alguma forma, concluiu que, se houvesse alguma informação a ligar os fatos, o misterioso cliente do bar poderia dar alguma resposta. Pegou seu paletó e saiu para a rua, apressado, não sem antes contatar o garçom que conhecera na outra noite.

19 – SÃO PAULO, 2011

Alice aproveitou a saída repentina de Nélson e foi aos arquivos de contratos antigos, localizado numa pequena sala, aos fundos do escritório de Antônio.

Muitos deles estavam guardados em papel, não digitalizados, algo que ela agradeceu ter ocorrido, pois, caso contrário, Nélson poderia ter apagado arquivos, ou por descuido ou mesmo por outras razões de índole discutível.

Teve o cuidado de trancar a porta da salinha atrás de si, para evitar surpresas. Brunswichk era o nome do cliente cuja menção havia causado, algumas horas antes, enorme desconforto em Nélson.

Não foi difícil achar os papéis em razão do nome pouco usual do contratante.

Era um contrato padrão de prestação de serviços de consultoria. Alice se lembrou das feições do cliente. Um homem magro, alto, de sotaque forte, aparentemente muito culto, de conversas cativantes. Sempre aparecia só para reuniões, e aproximou-se muito de Nélson, mais do que de Antônio, o que pareceu estranho a Alice, que, agora, se recordava de se ter indagado a respeito na época.

Não se lembrou de ter visto planilhas ou demonstrações de resultados referentes a Brunswichk. Parecia-lhe, aquele momento, que o contrato servira apenas para que o cliente estivesse no escritório de quando em vez, para conversas a respeito de assuntos variados, muitas vezes, apenas com Nélson, a portas fechadas. Antônio, como pai, certamente havia deixado tal situação se prolongar naturalmente, vendo, talvez, um antes improvável potencial de negociação no filho.

Tinha, no entanto, que deixar suas especulações de lado

por algumas horas. Lembrou-se do horário de visitas a Antônio, dali a meia hora.

*****

As idas à clínica eram sempre melancólicas. Alice não poderia deixar de comparecer jamais, no entanto. Anunciou-se na recepção e colocou a mão no interior de sua bolsa, procurando pelo CD de Coltrane. Queria, ao menos, mostrá-lo a Antônio, ver sua reação. Poderia ser um estímulo. Falaria sobre ele, de qualquer modo. Tinha certeza de que seu antigo chefe ouvia o que lhe diziam, embora não esboçasse nenhuma reação perceptível.

Lembrou-se de uma ocasião, no escritório, em que entrara repentinamente na sala dele. Ele estava sentando de costas para a porta, parecendo que olhava pela janela. Do lado de fora havia uma enorme figueira. Era agradável olhar para ela nas tardes com vento, naquelas horas em que todos estão concentrados, trabalhando, estudando, meditando. O dançar das folhas e o sussurro que faziam no ar eram uma visão que acalmava, tocando fundo na alma.

Antônio cantarolava baixinho uma melodia que pareceu muito bonita a Alice. Ela ficou ouvindo, de pé sem que o chefe a percebesse, por alguns instantes, antes de interrompê-lo para tratar do assunto que a levara até lá, do qual não mais se lembrava.

Agora, ali, sentada no corredor da clínica, enquanto aguardava para ver Antônio, recordou-se da melodia, e tentou assobiá-la. Achava que estava sozinha, e que ninguém a ouviria.

Um médico, no entanto, passava silenciosamente pelo corredor e, antes que ela notasse sua presença, parou para ouvi-la, intrigado. Após alguns instantes, ela se virou para ele, envergonhada.

Era jovem, mas certamente um pouco mais velho que a própria Alice. Tinha cabelos castanho-claros e olhos da mesma cor. Sua pele era clara, e o rosto magro realçava o formato de seu nariz, levemente longo, mas em harmonia com o restante do rosto. O jaleco parecia um pouco amarrotado, mas isso, no conjunto de sua aparência, dava a ao rapaz não um ar de desleixo, mas de dedicação ao trabalho.

— Desculpe-me, não queria atrapalhar. Sei que o silêncio nos corredores é norma da clínica.

— Não se preocupe. Você não incomodava. O que me chamou a atenção foi a música que você estava assobiando. Não é muito conhecida e eu não a ouvia há muito tempo. Achei surpreendente você conhecê-la.

— Escutei anos atrás, mas sequer sei o nome. Meu chefe estava cantarolando uma vez. Ouvi, gostei, e acho que a mantive no meu inconsciente. Agora ela aflorou, não sei por quê.

— "Matte Kudasai", King Crimson. Significa "por favor, espere", em japonês. Traduz bem a melancolia de alguém que espera há muito por outra pessoa que está longe. Você também está esperando, certo?

— Para ver meu chefe, o que cantarolava a canção. Ele está internado aqui.

— Quem será que ele esperava enquanto cantava? — Perguntou o médico, já se afastando. — Estimo as melhoras para ele.

Alice concluiu que havia muito mais para saber sobre o passado de Antônio, e que tal conhecimento poderia, de alguma forma, ajudá-lo.

Foi finalmente chamada e entrou lentamente no quarto de seu chefe. Não o viu em sua poltrona em frente à janela, local em que permanecia durante muitas horas silenciosas do dia, parecendo fitar o céu, ou mais propriamente, o infinito. Por um átimo, animou-se. Teria ele se levantado, praticado alguma ação espontânea, justamente naquele momento?

Tal sensação logo se dissipou, no entanto, quando percebeu a figura da enfermeira-chefe surgindo atrás dela, pela porta.

—Boa tarde, o Sr. Antônio está vindo, foi levado para fazer alguns exames.

— Como ele está?

— Não muito diferente. Nos últimos dias, no entanto, ele pareceu ter mudado levemente seu comportamento, movendo os lábios e os olhos, fechando-os periodicamente, como se tentasse se concentrar, ou como se estivesse, talvez, numa espécie de devaneio. Difícil de explicar. O médico ficou intrigado.

Antônio chegou, trazido numa cadeira de rodas. Alice percebeu, imediatamente, ao fitar os olhos verdes do patrão, que algo mudara. Não via mais aquela tristeza vazia que o marcara nos últimos tempos, mas uma discreta, porém nítida, vivacidade. Animou-se novamente.

Enfiou a mão direita em sua bolsa e tateou o CD de Coltrane, que propositalmente trouxera consigo. Sem tirá-lo dali, lembrou-se de uma conversa que tivera com o chefe, anos atrás. Ele falava animadamente acerca de um paralelo entre física e música (que ele mesmo confessou, em seguida, ser um tanto exagerado). Começou divagando sobre Heisenberg, o físico alemão que, no começo do Século XX, propusera que não era possível ter certeza sobre o real comportamento das partículas que formam toda a matéria.

"Isso porque, numa explicação simplificada, quando jogamos luz sobre elas – energia, portanto – sua posição e velocidade se alteram. Assim, no instante em que são observadas, as menores partes de tudo passam a se comportar de maneira diferente do que, por assim dizer, deveriam. A isso se chamou "princípio da incerteza"".

Então, ela se lembrou que ele começara a falar sobre improvisação na música e a imprevisibilidade que isso envolve.

"O jazz é um tanto imprevisível. É impossível saber, com total segurança, qual será uma próxima nota. Elas fogem da escala, fogem da harmonia, como as partículas fogem do campo de rotação do núcleo de um átomo e pulam para outro. O que fazer para ouvir e achar algum sentido nessa confusão? Simples! Abandone suas certezas, deixe-se levar".

Talvez ele próprio, em dado momento, se tenha deixado levar para outro lugar, dentro de si mesmo, em busca de algo inatingível no mundo externo. Se assim fosse, por quanto tempo perduraria essa busca? Seria correto intervir, abreviar essa jornada?

Insegura, Alice tirou a mão do interior da bolsa. Olhou para o patrão, sorriu ternamente e, então, como uma partícula subatômica que, tornando-se relevante para algum observador, repentinamente, não toma nem uma atitude esperada nem outra contrária àquela, pegou o CD e o deixou, capa bem à vista, sobre a mesa de cabeceira, deixando o quarto.

20 – SÃO PAULO, 2011

O colecionador andava pelo Centro. Era um domingo, as ruas estavam vazias. Deixara no seu apartamento o precioso objeto de que tomara posse há pouco. Questionava-se sobre ter ou não trancado a porta. Resolveu voltar, apertando os passos, preocupado. Sabia que a cidade era insegura e violenta.

Olhava ao redor e pensava que em breve iria embora para sempre dessa cidade. Um lugar, pensava, incivilizado, inóspito, desprovido de um mínimo de estética urbana.

Enquanto trotava, quase correndo, procurava prestar atenção no pavimento sob si, para evitar uma queda ou torção nos pés, diante das inúmeras irregularidades típicas das calçadas.

Admirava-se diante da inércia das pessoas dali, acostumadas com a ineficiência absoluta da administração pública, que parecia não funcionar corretamente em nenhum aspecto. Parecia-lhe que faltava aos cidadãos alguma perspectiva sobre a real finalidade dos poderes constituídos diante dos indivíduos e grupos da sociedade civil.

De alguma maneira, concluiu, essa inoperância poderia ajudá-lo nas circunstâncias em que se encontrava, pois não deixava de se ter tornado, naquele momento, um fora-da-lei.

Passou apressado pelo *hall* do edifício, procurando rapidamente o elevador. Esperou, ofegante, observando que a última parada havia ocorrido em seu andar, fato que o deixou mais apreensivo. Tirou o chapéu, passando as mãos, já um tanto trêmulas, pelos cabelos grisalhos suados, e tirou brevemente os óculos redondos, quase ovais, secando com um pequeno lenço as lentes já bastante embaçadas. Pensou que, logo, também estaria livre daquele calor, que parecia penetrar sua alma, lembrando-o, insistentemente, que ele não pertencia àquela terra.

A subida do elevador pareceu-lhe uma eternidade. Tinha que chegar ao nono andar, mas cada um parecia equivaler a dois ou três lances, como se a gravidade se tivesse intensificado justamente naquele momento. Finalmente, desceu e atravessou o corredor já praticamente correndo.

Deparou, atônito, com a porta do apartamento entreaberta, o que fez com que seu coração quase saltasse pela boca.

Encostou as costas na parede, ainda do lado de fora, e procurou respirar fundo e o mais silenciosamente possível, concentrando sua audição, na busca de algum ruído, por menor que fosse, vindo do interior do apartamento.

Sua atual aventura, pensou, seria mais adequada para alguém mais jovem e com melhores aptidões físicas. Quem sabe o invasor não seria assim, alguém muito mais ágil, forte, talvez até treinado, que o subjugaria facilmente, desaparecendo no labirinto de ruas da grande cidade do hemisfério sul? Apavorou-se ainda mais, reclinando a cabeça no velho papel de parede cor de laranja e fechando os olhos.

Permaneceu ali, naquela posição, por um tempo que lhe pareceu ser de alguns minutos. Nada ouviu, exceção feita a ruídos vindos da rua, da janelinha existente na extremidade do corredor, pela qual também penetrava um facho de luz amarelada, mostrando o marrom desgastado do tapete que servia à área comum do andar. Conseguiu perceber que as lâmpadas do apartamento estavam desligadas. Lembrou-se de haver deixado a cortina cerrada. Assim, a iluminação que vinha de dentro era um tanto tênue, o que dificultaria ainda mais, caso adentrasse, a procura por alguém esgueirado atrás de um móvel.

Finalmente, esticou o pescoço e, lentamente, olhou para o interior do apartamento. Dentro de seu ângulo de visão, nada parecia estar fora do lugar. Era possível, pensou, que a porta se tivesse aberto sozinha, com o vento, ou mesmo pela trinca não estar bem encaixada. Essa concreta possibilidade fez com que se acalmasse e ganhasse ânimo para, aos poucos, entrar e verificar tudo.

Acendeu todas as luzes e abriu as cortinas, observando

cada ponto do imóvel. Tudo estava no lugar, nada estava revirado. O *zhangda* se encontrava dentro do cofre. Pareceu-lhe, apenas, que a posição do objeto era diferente daquela na qual o havia deixado. Não deu, no entanto, importância para o fato.

Ao se sentar na poltrona da sala, já com a porta da frente bem trancada, teve, no entanto, uma nítida, porém inexplicável sensação de que, realmente, alguém estivera ali.

21

O caminhante chega a um vilarejo, após o que lhe pareceram alguns dias de viagem, e para no intuito de fitar um velho carpinteiro trabalhando na beira da calçada. Ele tem as mãos finas, os dedos longos e unhas compridas, certamente porque isso facilita seu trabalho.

Mexe com alguns pedaços pequenos de madeira. Encosta uma extremidade na outra, vira o conjunto em suas mãos, observa-o por vários ângulos, e em seguida o desfaz e o junta em novamente. Apesar da idade, não parece ter dificuldade em enxergar os detalhes da peça que certamente tem em mente produzir. Há uma pequena faquinha a seu lado, sobre um pano velho cor-de-rosa. Não se notam outros instrumentos por ali além daquele, mas, de qualquer modo, o carpinteiro parece precisar apenas de suas mãos.

Enquanto trabalha, é claro que percebe a presença silenciosa do caminhante bem ali à sua frente, fato que parece não o incomodar. Este último, por sua vez, sente-se de algum modo reconfortado ao acompanhar as mãos do artesão.

Lembram-lhe de mãos que talvez tenha visto há muito tempo, quando criança. Essa é a sensação que tem, pelo menos. Tem ou teve algum parente próximo com aquela profissão? Esforça-se para se lembrar, pois aquilo lhe parece importante. Sente que o carpinteiro deixa partículas suas na madeira, como se pequenos, mas significativos pedaços dele – não apenas células epiteliais que naturalmente se desprendem enquanto manuseia a madeira, mas parcelas de sua alma, escolhidas conscientemente ou não para comporem o resultado final.

A obra é o artista, ela o faz presente, mesmo depois de sua morte, falando por ele, bradando sua mensagem a todos aqueles que abrem suas mentes e corações.

O artesão levanta brevemente o olhar e sorri discretamente. Parece afirmar que sabe o significado daquele encontro: *eu sei quem eu sou e quem você é. Nos encontramos em algum ponto de nossas memórias. Você me chamou e cá estou eu. O que eu faço é isso e é importante para você. Não há ontem, hoje ou amanhã. Em algum ponto, há nós no caminho. Estamos aqui.*

O caminhante deixa aquele local, andando lentamente. Ouve, ao longe, uma canção, uma melodia familiar, tocada em saxofone tenor.

22 – SÃO PAULO, 2011

Nélson aguardava, sentado à mesma mesa da outra noite. O garçom não lhe havia dado esperanças de se encontrar com o misterioso interlocutor com que tivera contato.

— Ele bem pode aparecer, esteve aqui ontem mesmo, conversou rapidamente com outros clientes, tomou um trago e se foi. Telefonei para o senhor, como havia me pedido, mas ninguém atendeu.

Enquanto aguardava, Nélson ensaiava um início de conversação com o estranho. Procurava concatenar as peças desconexas do quebra-cabeças que tinha em sua cabeça, de modo a não parecer totalmente desmiolado, a fim de introduzir o assunto de forma minimamente organizada e compreensível.

Lá na recepção, viu o garçom gesticulando com alguém que se encontrava na entrada. Ele acenava e apontava para a mesa em que estava sentado. Nélson se levantou, instintivamente, ao ver uma figura esquálida e sombria caminhando em sua direção, com um discreto sorriso nos lábios.

— Boa noite, caro Sr. Prado. Soube que queria conversar comigo. Em que posso ajudá-lo?

— Sente-se, por favor. Gostaria de algo? Peço já.

O garçom já se aproximara, movido antes por uma certa curiosidade acerca daquele encontro, mais do que por profissionalismo.

— Uma água apenas por ora, obrigado.

Nélson assentiu para o garçom, que se afastou.

— O senhor disse conhecer meu pai, estou correto?

— Eu o conheci muito rapidamente, na Europa, algumas décadas atrás. Ele era muito jovem, o senhor não era nascido ainda, ou, se era, ainda devia ser muito novo. Tínhamos amigos em comum, mas, quando nos conhecemos, ele ainda não conhecia tais amigos. Coisas estranhas da vida.

— O senhor me disse, salvo engano, que se interessava por antiguidades. Sei que meu pai gostava das artes em geral. Foi por isso que vocês tiveram contato?

— Pode-se dizer que sim. Acredito que o senhor tenha esperança de que eu possa ajudar em algo relacionado ao atual estado de saúde de seu pai, estou correto?

— Sim, está correto. Ele se encontra em catatonia, isso começou de repente, sem nenhuma explicação. Os médicos não conseguem reverter a situação. Se o senhor o conheceu há muito tempo, talvez tenha alguma informação a respeito de seu passado que possa ajudar.

— A família desconhece os antecedentes de saúde do Sr. Antônio?

— Sim. Nunca conheci meus avós, que morreram há muito tempo. Meu pai jamais comentou acerca de problemas semelhantes anteriores em sua saúde. Quanto ele conheceu a minha mãe, segundo ela, era um homem cativante, inteligente, seguro, embora um pouco melancólico talvez. É o que ela disse ao menos.

— Posso imaginar tudo isso, pelo pouco que soube. As circunstâncias...bem, é uma longa história.

— Estou disposto a ouvi-la, por favor.

Nélson não sabia se podia confiar naquele sujeito, mas tinha certeza de que ele poderia fornecer informações interessantes, até importantes, se não estivesse mentindo por completo. Estaria ele tentando se aproveitar dessa situação desesperada?

— Mas, antes, sequer sei seu nome. Percebo que é europeu. É alemão, certo?

— Sou nascido na Áustria, mas vivo há muitas décadas na Holanda. Meu nome é Peter. Hans Peter.

Peter estendeu a mão direita. Cumprimentaram-se.

— Tem algum interesse em tudo isso, Sr. Peter? Desculpe perguntar. Temos muitos clientes no escritório, lidamos com negócios e interesses de todos eles...

— Vivi aqui em seu país por alguns anos. Aprendi a língua. Tenho acompanhado seu pai à distância. É tudo que posso revelar, sinto muito.

Peter não pareceu tampouco, naquele momento, estar muito seguro para fazer revelações. Nélson pensou que isso parecia lógico de certa forma, pois um não conhecia o outro. Percebeu que teria muito a perder se acaso se comportasse novamente da maneira ingênua como havia se portado com Brunswichk.

Resolveu tentar, naquele momento, tirar o máximo possível daquela conversa, talvez começar a ganhar a confiança de seu interlocutor. Isso poderia funcionar. Afinal, ele é que havia sido procurado por Peter, naquela outra noite. Caso contrário, é provável que jamais o tivesse conhecido.

— O senhor talvez se interessasse por visitá-lo... ele está em uma clínica, na região sul da cidade. As visitas são restritas, mas posso autorizar expressamente junto ao corpo médico para que o senhor o veja. Assim, poderá ter acesso a ele.

— Sim, seria muito bom vê-lo. Acho que não poderia ajudar muito quanto ao seu estado de saúde, no entanto. Ele provavelmente sequer me reconheceria.

O encontro terminou dessa forma. Peter levou o endereço e o telefone, tanto de Nélson quanto da clínica. Em breve iria visitar seu antigo conhecido.

Nélson voltou para casa em dúvida, no entanto, quanto a contar ou não a Alice sobre ter conhecido o europeu surgido diretamente do passado de Antônio.

23 – SÃO PAULO, 2011

— Algumas pessoas fazem aflorar em nós o que temos de melhor. O contato e a convivência com elas nos tornam mais completos, mais abertos, mais propensos a fazer o bem. Estranhamente, há outras que provocam o contrário e, se não nos atentarmos para isso, nos deixamos levar, e acabamos nos comportando de maneira mesquinha e agressiva. Pelo menos essa é a minha experiência.

— Lembra-se de alguém em especial que tenha causado isso em você?

Alice recapitulava, ao chegar em casa, esse diálogo com Antônio, ocorrido meses antes do início de seus sintomas. Mas não se lembrava do porquê de ter surgido o assunto.

— Ah, me recordo, como esquecer? São essas experiências que nos fazem o que somos.

Ela chegava à conclusão de que teria que procurar por mais alguém para conversar a respeito do estado de saúde de seu chefe. Sabia quem teria que ser, mas relutava, pois tinha convicção de que não seria tarefa das mais agradáveis.

Se ao menos Nélson fosse pessoa mais confiável, menos hermética... infelizmente, a cada momento e a cada atitude sua, Alice confiava menos nele. Pensou novamente em inquiri-lo acerca de seu comportamento na última reunião no escritório. O que ele teria a dizer acerca de Brunswihck?

Sacou de sua bolsa a cópia que havia tirado do contrato. Constava um endereço. Resolveu sair e apurar algo por conta própria, se é que aqueles dados eram verdadeiros.

Pensou em apenas verificar o movimento em frente ao endereço indicado, sem se identificar ou conversar com alguém.

Pensou em como reagiria se ele aparecesse por ali e a reconhecesse. Teria que se explicar de alguma forma, suficientemente convincente. Sabia que Brunswichk era um homem inteligente e, pelo que se recordara até aquele momento, provavelmente bastante ardiloso. Poderia estar enganada, afinal, a respeito dele, mas não era isso que sua intuição indicava.

Do outro lado da rua havia uma lanchonete, cuja fachada era envidraçada. O local seria ideal para se sentar e permanecer por algum tempo, pelo menos uma hora, apenas a observar o que ocorria, se é que ocorreria algo.

Sentou-se a uma mesa bem de frente para a rua. O possível endereço era um edifício, bastante antigo, com uma grade de metal verde-claro com incontáveis pontos de ferrugem espalhados.

Pediu um café. Virou-se para o tampo da mesa, observando nomes e desenhos talhados descuidadamente na madeira. O som ambiente reproduzia uma canção melancólica, tocada suavemente apenas no piano. Lá pelo meio da canção, a melodia se iluminava, como alguém a pegar nas mãos do ouvinte, a dizer *"acalme-se, passamos pelo que temos que passar e, no final, tudo dá certo"*.

Passamos pelo que temos que passar. Sozinhos. Alice suspirou, passou os dedos da mão esquerda por trás da orelha, ajeitando uma mecha do cabelo liso, e olhou para o teto, suspirando baixinho e fechando brevemente os olhos.

Ao abri-los, seu corpo todo tremeu e o coração disparou. Defronte a ela, sentado do outro lado da mesa, Brunswichk, o rosto pálido, o olhar sério, quase ameaçador, tentando penetrar as pupilas da moça, já dilatadas pela surpresa desagradável.

Sendo impossível disfarçar o incômodo e o susto, Alice permaneceu calada por um átimo, fitando seu interlocutor que, em silêncio, fazia questão de transmitir uma confirmação tácita: sim, eu fiz algo a ele; sim, percebo que você desconfia; percebo também que você não sabe com quem ou com o que está lidando.

Passado o segundo eterno em que se entreolhavam caladamente, antes que Alice pudesse alterar sua expressão, Brunswichk retorceu o canto da boca, num sorriso escancaradamente falso e malicioso.

— *Senhorrita* Alice, imenso *prazerr* em vê-la. Há quantos meses!

O sotaque do homem era o mesmo, mas sua voz era mais clara, autêntica. Não havia disfarces nela.

Procurando retomar algum controle sobre suas reações, Alice resolveu não revelar que se lembrava do nome do ex-cliente da consultoria, muito embora, a rigor, não houvesse como, naquele momento, no mundo das certezas não declaradas, disfarçar muita coisa, nem mesmo que estava por ali por algum motivo relacionado a ele próprio.

— Como vai o senhor? Que surpresa, há vários meses não nos víamos, o senhor nunca mais apareceu no escritório. Encerrou o contrato?

— Vejo o quão eficiente a senhorita é. Lembrou-se de mim e sabe que cheguei a assinar um contrato, muito embora nunca tenhamos tratado disso diretamente. O que faz nessa vizinhança? Estimo que o bairro não é tão acolhedor para uma jovem sozinha. Espera por alguém? Pelo Sr. Nélson, talvez?

Alice não resistiu. Precisava observar qual seria a reação de Brunswichk ao ser informado que Nélson poderia chegar a qualquer momento.

— Sim...sim, ele vai chegar. Ele está aqui próximo, numa reunião. Vamos tratar de alguns assuntos do escritório.

— Ah, o trabalho, sempre ele. – Respondeu o homem impassível.

Permaneceu quieto em seguida, o olhar firme como a exigir mais explicações.

Pareceu a ela que partir para o ataque, usando como arma um assunto paralelo, em relação ao qual, de modo subliminar, o acusaria indiretamente de algo, poderia ser interessante.

— O pai dele está muito doente, acho que o senhor não deve saber... está internado.

— Homens obcecados adoecem. — Cortou secamente o europeu. Movimentou-se para ajeitar os óculos redondos no rosto, muito embora eles não precisassem disso.

— Por que diz isso? O senhor o conhecia bem, então? Obcecado com o quê?

A estratégia pareceu dar certo. O sorriso controlado se tornou mais nervoso, revelando uma reação não totalmente calculada.

— Devo me retirar, a senhorita compreende. Estou atrasado. — Levantou rapidamente o corpo esguio, acenando com a cabeça. — Melhoras a seu patrão.

Alice concluiu que aquela frase anterior, inconscientemente, poderia ter sido dirigida por seu autor a si mesmo, enquanto o fitava caminhando até a saída da lanchonete, sem olhar para trás.

Observou, ainda, que ele não se dirigiu ao edifício em que supostamente morava, do outro lado da rua. Preferiu seguir para outro lugar, certamente porque, estando claro que tinha algo a esconder, preferiu não admitir abertamente que Alice tinha alguma carta na manga.

De qualquer maneira, era preciso ter cautela. Pareceu-lhe haver realmente, como suspeitara, algo muito errado a acompanhar, como uma sombra, aquele homem.

24

O caminhante está em alto-mar, num barco de porte médio. Resolveu fazer uma rápida viagem a partir do porto próximo à vila em que se encontrava.

Na calada da noite, uma chuva cai intermitente sobre a embarcação. O convés está encharcado, não havendo ninguém da tripulação à vista.

Venta forte e o frio úmido ingressa impiedoso nas vestes de quem, como ele, se aventura por ali. Não sente frio, no entanto. Parece que algo o aquece, como a presença de um ente querido na penumbra, a fitá-lo e a sorrir ternamente em seu anonimato.

Por algum tempo, fita a escuridão, parado na parte central do navio. De certa forma, a chuva o agrada ao cair sobre seu rosto.

Caminha, então, um pouco mais, na direção da proa. Sente o forte balanço sob seus pés, mas não precisa de nada para se segurar, quase como se flutuasse, como se estivesse sonhando.

Num canto, é possível ver, então, duas figuras contorcidas, envoltas em capas de chuva negras. Uma ameaça a outra, pelas posições em que se encontram. A pessoa ameaçada não tem contornos definidos. Não é possível ver se se trata de um homem ou de uma mulher. O caminhante chega a ter a impressão de que são duas pessoas em uma.

É possível vislumbrar que a primeira tem uma ferramenta cortante em sua mão direita, segurando com a esquerda, o colarinho da segunda. Apesar do vento, ou por causa dele, repentinamente é possível ouvir parte do diálogo que travam.

Quase imediatamente, o caminhante pode perceber que aquela interação não acabará bem. Um dos contendores quer algo que o segundo certamente não tem.

Para quem observa à distância, como ele, isso é bastante óbvio, embora não o seja, talvez, para um deles. Aquele que subjuga apalpa os bolsos e as vestes do outro, que não o impede, deixando claro, portanto, que não tem nada a esconder. O tom de voz do primeiro parece aumentar de volume, gradativamente, de maneira proporcional à sua insatisfação.

A seguir, uma cena terrível se apresenta diante dos olhos do caminhante, algo sobrenatural e assustador.

O algoz, num momento que parece ser de pura raiva, arranca com as próprias mãos, do peito de sua vítima, o coração dela, que ainda bate na mão esquerda do agressor para, depois, ser jogado ao mar, pulsando pelas últimas vezes numa parábola sobre a superfície da água.

Tudo parece silenciar. Sequer o ruído das gotas de chuva se faz ouvir.

O agressor, a seguir, parece se acalmar, deixando solto o corpo inerte do outro, que tomba do convés, num último mergulho.

O caminhante sente, como sua, a dor. Sente, agora, o frio e a escuridão experimentados pela vítima, como se fossem seus próprios.

Leva a mão direita ao peito, como a assegurar que ainda há algo ali. Um vazio intenso e amargo se apodera dele.

Como alguém injustamente separado daquilo que lhe é mais caro, naquele instante sem tirar os olhos do monstro que, ainda sob a chuva, fita o mar em silêncio, o caminhante se lembra de que aquela sensação desesperada é vivida desde então por ele, no passado e no presente, que agora são um só.

Lembra-se, como num *déjà vu*, então, de se ter deparado antes com aquele indivíduo a praticar ameaças ou violência. Sabe que estarão novamente um no caminho do outro.

25 – HOLANDA, 1972

Antônio estava sentado na frente da casa de Maya, sobre a soleira da porta, pela manhã. Respirava fundo e se lembrava de sua trajetória até ali. O desenrolar da vida, ou a maneira como os acontecimentos se encaixavam, muitas vezes numa sequência aparentemente sem nexo, por vezes cruel, por vezes abrupta e violenta, se apresenta, pensou, como algo realmente mágico.

Pensou em como o fato de ter nascido com uma condição, por assim dizer, especial, uma dificuldade de se socializar, ou de comunicação, aliada a uma ímpar habilidade de organização de dados e números e a uma espécie de alienação, que o mantinha em um ponto fora do espaço e do tempo, levara seu pai a uma busca que resultara na descoberta de um artefato que, se bem utilizado, auxiliaria sua mente a se adaptar, permitindo seu pleno desenvolvimento. E em como a posterior perda desse artefato o levara agora a Maya.

Pensou em ter visto o rosto dela, há muitos anos, em algum sonho, ainda antes de ter contato com o *zhangda*. Seria isso possível? Sorriu e decidiu-se a estudar, com mais vagar, a sincronicidade de Jung.

Maya se aproximou nesse momento, sentando-se a seu lado. Sorriu e deitou sua cabeça sobre o ombro esquerdo de seu hóspede. Nada falaram sobre um tempo, mas, aparentemente a invocar as teorias do famoso psiquiatra suíço, ela perguntou, pegando suavemente uma das mãos de Antônio:

— Como você era, quero dizer, como se comportava, antes de ter contato com a nossa antiguidade?

Antônio levou a cabeça para trás, descontraidamente, sorrindo. Talvez, antevendo a pergunta que Maya lhe faria, pensou, tivesse se sentado, antes, ali naquela soleira, para organizar suas ideias visando formular uma resposta coerente... ela pareceu perceber o fato, sorriu de volta e o brilho intenso de seus olhos escuros se intensificou, fitando-o numa sincera curiosidade.

— Eu era muito novo. Foi constatado que eu tinha uma condição que me dissociava do tempo e do ambiente em que eu vivia, acompanhada de uma intensa sinestesia entre sons e cores, além de uma enorme facilidade com dados, até os mais complexos, principalmente envolvendo números. Jamais olhava as pessoas nos olhos e jamais me comunicava diretamente com elas. Eu podia reconhecer as notas musicais pelas cores que elas invocavam para mim. Um concerto de piano podia ser uma experiência um tanto colorida...

Maya gargalhou, espontânea. Sua risada era aguda, mas agradável e leve. Antônio sorriu ao ouvi-la.

— Aprendi a tocar piano sozinho, apenas por ouvir e reproduzir nas teclas o que ouvia. Uma vez feitas as associações necessárias, essa era uma tarefa bastante fácil até.

— Você ainda consegue tocar?

— Sim, mas não da mesma forma. Algo se perdeu no meio do caminho, à medida em que minha consciência dos fatos e das coisas ao redor se tornava mais pragmática, mais direta.

— Acho que entendo...

— Meu pai não se conformava em ver essas habilidades tão restritas ao meu mundo interior. Segundo ele mesmo me contava, tempos depois, meu comportamento, uma vez compreendido o que ocorria, era admirável em muitos aspectos, e ele acreditava com muita firmeza, muitas vezes dispensando explicações médicas e científicas que lhe pareciam pessimistas, que aquela situação não poderia ser definitiva, que havia uma razão para tudo aquilo e que deveria partir dele o desenrolar de uma solução.

Antônio pausou por alguns instantes sua narrativa. Parecia tentar reviver algo. Maya percebeu e o aguardou, em silêncio.

— Anos depois da morte dele, minha mãe me entregou uma carta que ele escrevera a respeito do que havia ocorrido comigo. Ele dizia algo nesse sentido: *a ciência tem enorme valor, ela é construída com sacrifício, criatividade e esforço incomuns de grandes homens. Assim, não prescindo de nenhuma explicação téc-nica para qualquer fenômeno da natureza. Mas, por outro lado, e por isso mesmo, acredito que, muitas vezes, a resposta pode estar dentro de nós, o tempo todo. Também fazemos parte do universo, também podemos influenciar os caminhos de tudo ao nosso redor.* Ele estudou tudo o que lhe era possível, desde textos médicos até o *I Ching,* e procurou incessantemente por uma solução, sem nunca perder a esperança, até que obteve a posse do *zhangda.*

— Ficou algo dessa época em você, quero dizer, alguma sensação em relação ao mundo? Não me entenda mal, mas você me parece tão normal... um pouco tímido, talvez.

— Você ainda não me viu em um encontro social!

Ambos riram e se olharam novamente, leves e felizes.

Não muito longe dali, no entanto, uma sombra ambiciosa tomava a forma egoística de um homem.

26

O caminhante aporta pelo Amstel em uma cidade ribeirinha. Resolve seguir dali para Amsterdã, para continuar sua busca. Intuitivamente, acredita que encontrará na capital holandesa informações que o levarão adiante.

Antes, no entanto, decide vagar um pouco, respirar o ar interiorano daquele local.

Passa por uma trilha repleta de flores que aparentam ser pequenas tulipas, de todas as cores. Parece-lhe que aquele panorama invoca os mais diversos sons em sua memória.

Em dado momento, tem a nítida sensação de ouvir uma sinfonia completa. Anima-se e, enquanto anda, levanta os braços e faz como se regesse uma orquestra. As cores respondem a seus comandos e os sons brotam, como se saíssem da terra.

Senta-se à beira do caminho, sob uma árvore, e ali fica por algum tempo, recordando-se de antigas canções, que produz à medida em que se recorda das melodias. Arquiteta os arranjos e os acompanhamentos, e as pequenas flores o obedecem, lançando no ar uma rica mistura visual e, ao mesmo tempo, de forma indissociável, auditiva.

Teve um piano um dia, recorda-se. Senta-se, olhando calmamente a paisagem. Quase pode sentir o toque das teclas brancas e pretas ao encostar os dedos do chão, suavemente. *O claro e o escuro. Complementares. Inseparáveis.*

Fecha os olhos e se lembra de um olhar doce e penetrante e de mechas de cabelos negros e lisos, ornando um rosto claro, olhos castanhos em forma de amêndoa e um sorriso único, a coisa mais bela que já viu.

Já esteve nesse local. Levanta-se, animado, e continua seu caminho até a cidade. À medida em que anda, intensifica-se a sensação. Olha freneticamente para todos os lados e para o céu profundo. É como se, nesse lugar, já tivesse planado no ar, já tivesse feito parte de um todo.

A lembrança é muito mais sensação do que memória, no entanto. À sua esquerda, o rio corre calmo e, mais próximo ao povoado, começam a surgir barquinhos coloridos na superfície, ao longe.

Já bem próximo às primeiras casas e comércios, algo surpreendente. Ao longe, vê claramente o seu banco. Sim, aquele era o seu banco, aquele em que estivera sentado, na cidade, alguns dias atrás pela manhã. Não é um banquinho de praça qualquer. Ali começa sua jornada, e para lá sempre retorna. Agora isso é claro. Aquele sorriso encantador volta à sua memória, agora ainda mais forte. Sua dona esteve ali e ali sorriu para ele.

Aproxima-se rapidamente para confirmar essa sensação, mas, ao chegar bem perto, nota que pode estar enganado. Teria sido uma alucinação? O banco não está mais lá.

É certo, no entanto, que um banco esteve durante um bom tempo posicionado naquele exato local, à margem do rio, pois a grama ainda tem quatro marcas circulares, perfeitamente simétricas na distância de uma para a outra.

Mais uma memória, pensa. Antes havia um banco ali, era o seu banco. Ele não está mais lá, mas se encontrava guardado dentro dele, vívido, pulsante.

Segue para dentro da cidade por uma rota que, de alguma forma, já conhecia. Não é difícil encontrá-la, de qualquer modo. Basta seguir uma nuvem escura, densa, um mau pressentimento em forma concreta, que segue rápida em direção a uma casa ali próxima.

27 – SÃO PAULO, 2011

Alice se decidira. Saiu da lanchonete em que se encontrara com Brunswichk em direção ao escritório. Iria passar por lá e, em seguida, procurar a ex-mulher de Antônio, Ella, uma mulher que se tornara amarga e irascível parecia que desde sempre. Não a via há muito tempo, e isso era algo que a confortava. Quanto menos, melhor.

Sabia, sem mais detalhes, que Antônio se casara menos de um ano após uma temporada na Europa, em que estivera estudando, preparando-se, ao que parece, para iniciar seu negócio. Nélson nascera no ano seguinte. Ella, no entanto – pelo menos é o que dizia seu patrão – casara-se sem saber por quê, e jamais se adaptara à vida conjugal. Alice tinha a impressão de que, a bem da verdade, Antônio, ao dizer isso da ex-mulher, falava de si próprio.

Achava que Nélson tinha mais da mãe do que do pai. Não sabia se isso aumentava sua antipatia pelo próprio Nélson ou por Ella.

Sabia, no entanto, que talvez fosse a pessoa que mais conhecesse o passado de Antônio, mais certamente que seu filho, cada vez mais perdido em incertezas.

Não sabia do que Ella vivia, se tinha alguma renda ou bens que garantissem sua subsistência. Ao que soubesse, não recebia pensão do ex-marido ou ajuda do único filho. No escritório, tinha certeza, conseguiria descobrir seu endereço, ou ao menos o número de seu telefone.

*****

Ao chegar, deparou-se com Nélson, em pé, ao lado de sua mesa. Pareceu-lhe que ele a esperava. O homem tinha o olhar desolado. Parecia tão só e perdido que chegou a dar pena. Tinha, no entanto, a feição de alguém que ainda possui cartas na manga, sem saber como usá-las. Ele precisava de Alice. Sem ela, nada conseguiria.

Decidiu perder algum tempo com ele, sem jamais confiar plenamente, no entanto, no que iria ouvir.

—Alice, precisamos conversar. O escritório...

— É realmente sobre o escritório, Nélson, ou sobre um cliente específico, sobre o que aconteceu com seu pai? Como posso confiar em você? Ele é seu pai, um homem íntegro... ele precisa de você.

— E de você. Você é como uma filha para ele. Eu...

Nélson abaixou o olhar, fitando longamente o chão. Então continuou:

— Eu desconfio realmente de um ex-cliente aqui do escritório. Acho que ele me fez de idiota, mas não sei o que isso pode ter a ver com o que ocorreu com o meu pai.

— Eu o vi hoje, Nélson. É um homem estranho. Tem algo errado...

— Como você o viu? Como não me avisou? Você não pode... se algo acontece com você, meu pai não me perdoaria...

— O que você está escondendo, Nélson? Sei que você está planejando alguma coisa. Você tem feito contatos sem me informar. O que pretende com isso?

— É preciso pagar o aluguel, pagar seu salário, os outros, mas não é sobre isso que eu preciso falar com você.

— Ou você me diz tudo o que está ocorrendo, tudo... ou não tenho mais como ficar aqui, ao menos até o seu pai se recuperar.

Nélson riu, de forma forçada e desolada.

— Ele não vai voltar, Alice. Eu o perdi, vou perder você também. Vou perder tudo.

Alice pôde ver, então, um menino à sua frente, frágil, perdido e indefeso, capaz de medidas desesperadas para sobreviver por mais um mês numa situação que ele próprio não mais acreditava como duradoura.

— Fiz alguns empréstimos...

Nada mais precisava ser dito, ao menos quanto ao escritório. Nélson caminhava a largos passos para arruiná-lo.

Alice se sentou, olhou para cima e, em seguida, desesperançosa, para seu interlocutor. Deveria, pensou, ter desconfiado ao perceber que Nélson escondia informações, evitava reuniões e fazia telefonemas às escondidas. Sua preocupação com Antônio, no entanto, turvara sua visão. Sua juventude a impediu de ver um pouco além, embora nunca tenha acreditado na capacidade do herdeiro da empresa.

Seu olhar castanho entreaberto, tristemente surpreso, seu belo rosto ainda tão juvenil, e a maneira como pousou a cabeça sobre as mãos, desarrumando os cabelos lisos, cotovelos apoiados na mesa, queimaram Nélson por dentro.

Nesse instante, ele pôde se sentir ainda mais distante, muito mais do que jamais tivesse experimentado, daquela mulher que, durante tanto tempo, tinha estado viva diuturnamente em todos os seus pensamentos.

— Alice, eu... me encontrei com um sujeito que disse ter conhecido o meu pai no passado, na Europa...

Alice levantou o rosto e olhou fixamente para Nélson.

— Mais uma mentira? Onde você quer chegar com essa conversa?

— Não... eu confesso, tinha ciúmes de meu pai com você. Sei que ele a via como uma filha, mas a proximidade... não consigo... eu não conseguia... mas agora não tem mais nada, não sei mais o que fazer. Quero ajudar, quero me aproximar. Por favor...

— Quem é essa pessoa?

Uma pequena centelha de esperança surgiu em Nélson, ao menos para não parecer tão desprezível aos olhos da moça. Sentou-se, respirou e olhou bem nos olhos dela. Ela pareceu perceber que o relato seria sincero.

28 – HOLANDA, 2011

Maya observava seus netos correndo pela praça. Ao mesmo tempo, era observada por suas filhas. Elas viam na mãe um olhar sereno e satisfeito, mas um tanto melancólico. Sua missão tinha sido bem cumprida, é fato, mas lhe faltava algo.

Não contara a elas detalhes de sua trajetória. Em casa, apenas seu falecido esposo, irmão caçula de seu amigo Peter, conhecia sua história.

À sensibilidade de Maria, a mais velha, no entanto, jamais escapara a noção de que sua mãe tinha algo muito interessante a contar, guardado bem fundo e bem escondido.

Naquela tarde, a primogênita não resistira e, mais uma vez, tentava tirar alguma revelação da mãe. Aproximou-se suavemente e, usando toda a sua simpatia, apresentou a Maya um sorriso dócil, mudo e irresistível, muito semelhante ao de sua mãe.

O olhar da genitora, ao mesmo tempo em que agradecido pela beleza e companhia sincera de sua filha, tinha algo de melancólico, que o sorriso discreto não conseguia disfarçar.

— E então, quando você vai me contar suas aventuras?

Maya intensificou seu sorriso.

— Não sei se há algo de tão interessante para você saber, filha.

Era evidente, no entanto, que havia, sim, algo muito interessante. No desvio do olhar da mãe, Maria pôde perceber, no entanto, algo novo, uma sensação que até então nunca havia vislumbrado no silêncio misterioso de Maya: uma preocupação. Sabia que sua mãe não gostava dessa sensação. Toda a sua vida presenciara a genitora resolver questões, às vezes aparentemente insolúveis, em minutos, apenas para não vivenciar a insegurança que poderiam trazer.

Lembrava-se, por exemplo, de Maya ter efetuado, em adiantamento, o pagamento de um tratamento de saúde para o gato de estimação da família, mesmo sem haver certeza, ainda, quanto ao diagnóstico de uma doença. Após muitas discussões com seu pai, que não gostara nem um pouco da despesa extra, vieram os exames. A doença era aquela mesma, e o tratamento se iniciou imediatamente. Lembrou-se ainda de quando seu tio desaparecera por vários dias. A angústia sofrida por Maya naquele período fora intensa, um período de grande sofrimento. A ligação dela com o irmão era muito forte, e ela o procurou incansavelmente, fez publicar anúncios, deixou seu telefone em repartições. Reapareceu e conversaram longamente, uma tarde inteira de domingo, a portas fechadas. Seu tio Peter e seu pai também souberam o que houvera, mas a informação nunca chegou às filhas.

Maria soube, então, naquele momento, que sua mãe havia vislumbrado um problema, uma ameaça. Sabia, por conhecê-la bem, que ela havia feito algo a respeito, mas desconhecia os resultados.

Uma das crianças caiu ao chão, rostinho na grama, e começou a chorar. Ambas se levantaram e correram, e o assunto, mais uma vez, calou-se por algum tempo.

29 - SÃO PAULO, 2011

Peter chegou à clínica. O horário de visita já chegava ao final naquela tarde, mas ainda havia tempo.

Identificou-se com seu passaporte e foi levado a um corredor iluminado por uma janela ao fundo. Sentou-se e aguardou.

Havia informado a Maya, por um e-mail, que veria Antônio naquela tarde. Ela sequer respondera. Peter sabia o porquê. Daria notícias depois, mais uma vez sem esperar resposta.

Estando no país, prontificara-se a relatar a Maya acerca de Antônio e, talvez, quem sabe, se tudo desse certo, propiciar um contato entre eles. Maya, Peter bem sabia, jamais havia esquecido de sua paixão por Antônio, a quem conhecera rapidamente, décadas atrás, na casa da própria Maya. Ele sabia que ela tinha certeza de que isso era recíproco.

A amizade entre Peter e Maya era antiga. Depois, Peter se tornara seu cunhado.

Seu irmão salvara Maya, décadas atrás, de uma depressão, um momento em que a vida, após alguns dias intensos e felizes, justamente na companhia do homem que agora iria visitar e que se encontrava internado em estado catatônico, deixara de ter, em razão de sua partida, qualquer sentido.

Victor tinha um jeito tranquilo. Era um jovem honesto e cheio de bondade. Talvez não fosse mesmo desse mundo. Apaixonara-se por Maya e, evidentemente, não se conformava em vê-la daquele jeito. Peter, é claro, havia contado a ele toda a história.

Victor aproximou-se de Maya, de uma maneira terna e gradativa. Jamais criticou Antônio, jamais questionou os fatos. Dizia que não participou deles, e não lhe cabia julgá-los. Trouxe conforto e, aos poucos, com sua personalidade singular, conten-

93

tamento para a vida da moça.

Casaram-se e viveram bem até que, num dia de inverno, seu bom coração parou de bater, repentinamente. Talvez sua missão realmente estivesse cumprida e, agora de algum lugar, ele zelasse por todos, com seu olhar singular.

Uma correria se iniciou. O alvoroço vinha do final do corredor. Peter ouviu ruídos de objetos caindo ao chão. Vozes se entrecortavam. Uma enfermeira veio dali, aproximou-se e se agachou para dar notícias:

— O paciente está em convulsão. Não havia ocorrido até agora. Mas seu comportamento tinha realmente mudado nos últimos dias, de maneira muito sutil. Agora, isso. O senhor me desculpe.

— Como foi essa mudança de comportamento? Eu poderia saber?

— Pequenas alterações nas feições, no foco do olhar, nos movimentos dos lábios. A moça que esteve aqui mais cedo, antes de ontem, acho, também ficou curiosa. Parecia ter muito carinho por ele.

— Quem é essa moça? Achei que ele tinha apenas um filho.

— Sim, um filho. Mas esse filho... bem, essa moça é que vem sempre visitá-lo. Uma jovem muito bonita. Não é sua filha. Acho que trabalha com ele.

Peter se decidiu, pensando, como dizia seu irmão, que nada acontece por acaso: iria procurar a tal jovem. Ela, e não o próprio Antônio, nesse momento, provavelmente deveria ser a destinatária da pequena caderneta de notas que ele trazia no bolso de sua calça.

Uma caderneta encontrada por Maya e que aclarava as razões do infortúnio de ambos, embora não revelasse quem seria o responsável por todo o ocorrido. Tinha feito bem, pensou, em não entregar o caderninho ao Sr. Nélson.

30

O caminhante chega a uma rua cheia de pequenas casas. Uma delas, ainda a certa distância, chama sua atenção. Um calor vívido e nostálgico vem dela, talvez em razão de sua cor, ou do simpático jardim que separa a fachada da via pública.

A residência está muito quieta, as janelas cerradas. A soleira da porta de entrada, que está fechada, parece convidá-lo para se sentar e esperar que alguém chegue.

A noite irá cair rapidamente, e já se faz uma penumbra.

Ao se aproximar, no entanto, surpreende-se ao ver uma das janelas se abrindo de repente por dentro. Em seguida, sai por ela, rapidamente, como um animal assustado em fuga, mas de forma sorrateira, uma figura que o caminhante já vira antes, em circunstâncias dramáticas.

Trata-se do mesmo vulto que, na véspera, na embarcação, atacou e agrediu um terceiro, arrancando-lhe o coração. Uma figura esguia, envolta em mistério, que, sem olhar para trás, desaparece rapidamente na bruma, e portadora, agora ele tem certeza, de segredos que poderiam indicar o final de sua busca.

O caminhante, então, se vê repentinamente dentro daquela mesma casa. Confuso, percebe que, de algum modo, já estava ali antes, sendo o responsável por aquela fuga que presencia, como se estivesse repartido em dois.

Tanto é assim que, instintivamente, leva a mão direita ao bolso interno de sua jaqueta, para perceber, aturdido, que seu bloco de notas não se encontra mais ali. Deixou-o cair alguns minutos atrás dentro da casa, encontrando-se ele, agora conclui, justamente em poder do fugitivo.

Sem pensar, o coração em alvoroço, o caminhante segue, rapidamente, em direção à escuridão.

31 – SÃO PAULO, 1972

A jornada chegava ao fim e agora se iniciava outra.

Antônio sentou-se à mesa da pequena salinha do apartamento alugado.

Olhou em volta, respirou fundo, fechou os olhos. Um imenso cansaço se aliava à sua tristeza. Questionava-se se tudo aquilo valera a pena. Apenas para ter consigo algo tangível, uma relíquia de sua jornada desde a infância, tivera conhecimento e contato com coisas que deveriam ter ficado escondidas, soterradas, esquecidas. Que jamais deveriam ter ocorrido.

Ou será que os fatos teriam, de qualquer modo, disparado em direção a ele, suplicando por um confronto cujo final inexoravelmente seria esse mesmo?

O que Maya teria feito ao perceber o ocorrido? O que estaria fazendo agora? Planos para encontrá-lo? E o irmão?

Quem seria o responsável por aquele acontecimento tão traumático?

Se nossos limitados sentidos e nossa intuição, pensou, apenas permitem vislumbrar o presente e se lembrar do passado fisicamente presenciado, se estamos presos ao tempo, as razões de seu infortúnio permaneceriam fora de alcance.

No caso dele, essa armadilha havia sido aberta muito tempo atrás, com um convite para entrar, aparentemente sem volta, representado justamente pelo objeto que, dentro de uma caixa, ele fitava, com o canto dos olhos, do outro lado do cômodo, depositado numa poltrona. Agora, só restava seguir adiante e relegar a tristeza e o assombro a um canto escuro da consciência, até que fossem lentamente depositados no vazio do esquecimento, clamando por respostas em um lugar de onde ninguém seria capaz de ouvir.

Iria iniciar um negócio, iria viver. Naquele momento, nada

mais restava fazer.

32

O menino sonha, agitado. Não pertence ainda ao mundo lá fora, pois tem o seu próprio ambiente, solto no tempo, indiferente ao espaço.

Balbucia, febril, enquanto procura se esconder e, ao mesmo tempo, observar uma figura esguia que, lá fora, espreita na escuridão. Percebe, então, intuitivamente, que está a salvo, que não se encontra ao alcance daquela sombra.

Levanta-se, vai até a janela, e a fita abertamente, olhando seus olhos. Com isso, sabe que não deve enfrentá-la antes de seguir outros caminhos, mas que, para entendê-la novamente, deverá retornar ao indefinido.

33 – SÃO PAULO, 2011

Do que o medo nos afasta? Alice pensava enquanto voltava para casa. Ajustara para o dia seguinte, com Nélson, um encontro com o velho europeu que ele mencionara. A indefinição quanto ao passado de Antônio, de que ele pouco falava, a fazia pensar.

Talvez ele, o medo, nos previna de fazer coisas, por não querermos enfrentar um futuro incerto, em que algo de ruim pode acontecer. De outro lado, também pode nos fazer negar o que já passou. De qualquer modo, a incompletude será sempre o resultado.

Havia algo em sua vida pregressa que Antônio queria evitar, ou mesmo esquecer. Teria ele praticado alguma ilegalidade? Ou experimentado um dissabor muito dolorido? Brunswichk tinha certamente, ela acreditava, alguma relação com isso.

No momento em que pensava no misterioso ex-cliente do escritório, seu telefone tocou, como que para chamá-la de volta à realidade. Sobressaltou-se e procurou o celular dentro da bolsa, olhando ao mesmo tempo para os lados e, discretamente, para trás, por instinto.

O número era desconhecido. Pensou em não atender, diante da possibilidade de se tratar de uma ligação indesejada, do próprio Brunswichk, em quem acabara de pensar.

Refletiu a seguir como se, entre cada toque do telefone, se passasse um longo período. Ele poderia saber seu telefone? Pensou imediatamente em Nélson, e em como não confiava nele... teria ele dado seu número sem autorização? Sentiu um impulso de raiva, que a acabou estimulando a atender a ligação, não sem antes suspirar no ar frio da noite.

Ficou em silêncio, primeiramente, ainda na dúvida e um tanto apreensiva.

— Alice?

Certamente não era Brunswichk. Também não se tratava de Nélson.

— Sim?

— Boa noite. Desculpe pelo horário. Aqui é o Dr. Fabiano, da clínica, a respeito do Sr. Antônio...Você esteve ontem aqui, visitando o paciente, e cantando uma canção antiga, certo?

Alice se lembrou, inclusive do jeito simpático e do ar de bondade sincera do médico. Imediatamente, no entanto, um arrepio subiu por sua espinha. Parou de caminhar imediatamente.

— Sim, boa noite, doutor. Ele está bem? O que houve?

— Sim, não se preocupe. Ele está estável no momento. Fiquei curioso. Foi você que deixou um CD na mesa de cabeceira dele? John Coltrane, "A Love Supreme"?

— Fui eu. Ele gosta muito desse álbum. Desculpe, deveria ter consultado alguém da equipe...

— Não há problema, fique tranquila. É um comportamento diferente de apenas deixar flores, mas às vezes pode ter algum efeito.

Alice sorriu em silêncio.

— Ainda está aí?

— Estou, doutor, desculpe. Estou na rua, indo para casa...

— Ah, me desculpe de novo. Ligue-me depois, se possível, quando tiver um tempo, na clínica ou neste número de celular. Gostaria de conversar sobre o paciente. Eu não percebi ontem, naquele momento em que conversamos. Parece-me que você é a pessoa mais preocupada com o estado de saúde dele, e certamente a que mais tem ligação sentimental com ele. Você é parente dele? Perdão, ligue-me depois, se possível...

— Eu sou funcionária da empresa... eu telefono, pode deixar.

— Obrigado, e tome cuidado. Boa noite.

Ao desligar, Alice se perguntou se o médico tinha algum motivo para dar um conselho como esse. Estaria ele preocupado por algum motivo? Talvez, apenas uma expressão retórica.

Ao chegar ao portão de seu edifício, a moça mais uma

vez olhou em volta, como num reflexo, antes de abri-lo e entrar. Nada vendo de diferente, adentrou a propriedade dando as costas para a rua.

Do outro lado da via, no entanto, na sombra, uma figura esguia espreitava. Ainda não era momento de se mover, mas já era sabido onde atacar, se o caso.

34

O caminhante para por um instante, pois precisa descansar. Procurou, por algum tempo, o vulto, o ladrão, aquele que levara sua caderneta. Mantém a mão no bolso, como a lembrar, todo o tempo, que o objeto não está mais lá.

Buscou em vão, no entanto. Para num morro, sobre a cidade, que lhe parece a vila retratada em "Noite Estrelada". As luzes das estrelas e da vila se misturam em meio ao céu azul escuro e às formas irregulares das nuvens, que parecem se mover em redemoinhos. A lua, bem branca, mas jogando no ar uma luz indefinida, reina em meio à paisagem.

Senta-se na relva e olha para o céu.

Precisa se concentrar e sabe que achará a solução, pois tudo aquilo lhe parece familiar. Já esteve ali. Basta conectar alguns acontecimentos que ainda lhe parecem como borrões desfocados.

Seu bloco de notas desaparecido continha algumas informações anotadas a esmo. Precisa delas? Acredita que sim, pois tudo ainda se mostra de forma muito confusa em sua cabeça.

Já se disse que a distinção entre passado, presente e futuro é apenas uma ilusão.

Parece ao caminhante, naquele momento, encontrar-se numa encruzilhada em que tudo se encontra. Van Gogh pinta seu óleo sobre tela. Michelangelo esculpe o Davi. Armstrong pisa na Lua. Lucy bebe água de uma lagoa, enquanto ouve os sons ao redor, preocupada com a presença de algum predador.

Em outra galáxia, um alienígena caminha por uma trilha e, usando um sofisticado equipamento, pode ouvir Coltrane soprando uma melodia com devoção em seu tenor.

Se é assim, é hora de agir.

Levanta-se, resoluto.

35 – SÃO PAULO, 2011

Peter abriu os olhos. O quarto de hotel estava escuro e, aos poucos, começou a distinguir o teto, a luminária, a luz tênue que vinha das frestas da porta fechada do banheiro.

Algo, de repente, o sobressaltou no silêncio. Sentiu, mais do que ouviu, o que parecia ser um sibilo, quase imperceptível. Alguém, ou algo, respirava a seu lado, próximo à mesa de cabeceira.

Instintivamente, tentou se virar para olhar melhor o que havia ali. Seu ombro e sua perna direitos, no entanto, não o acompanharam. Estava preso à cama! Seus olhos se arregalaram e seu coração disparou.

Tentou gritar, mas não conseguiu. Restou-lhe apenas virar desconfortavelmente o pescoço, para ver, claramente, os contornos esguios de um homem. Foi possível ver que ele usava chapéu e óculos, e mostrava um discreto sorriso na lateral do lábio.

Peter tentou mais uma vez falar. Suas cordas vocais lhe faltaram. Concluiu que aquilo não era um assalto. Não estava diante de um criminoso comum.

O intruso falou em alemão, o que surpreendeu sua vítima ainda mais:

— Meu caro amigo, todos temos uma função na vida. A minha, sei claramente qual é. A sua, esclarecerei agora. Você tem algo em seu poder que já me pertenceu, ainda que brevemente, no passado, e que deve voltar, por direito, às minhas mãos.

O colecionador, pouco depois, deixou o prédio do hotel. No seu bolso, o item que lhe faltava, e que abriria a única mente viva, ao que tudo indicava, de desvendar os segredos do objeto ímpar que guardava em seu cofre.

*****

Alice segurava a chave que encontrara na gaveta da escrivaninha de Antônio. Mais um objeto que poderia talvez estimular alguma lembrança; a chave não girava em nenhuma fechadura, fosse em uma gaveta, um armário ou qualquer das portas do local.

De qualquer modo, estava guardada de um modo a transparecer certa importância. Não se tratava, assim, aparentemente, de um objeto qualquer. Significava algo, trazia alguma lembrança, ou dizia respeito a alguma coisa relevante, guardada em outro lugar.

Os caracteres desgastados, por outro lado, denotavam que estava há algumas décadas em poder de seu portador. Enquanto a manuseava, virando-a de um lado para outro, respirava pesadamente. Parecia-lhe que, realmente, uma missão a cumprir caíra em seu colo.

Esperava em frente a um restaurante. Iria se encontrar, no horário de almoço, com o médico da clínica. Aproveitaria para ter uma refeição minimamente razoável, algo que não fazia há alguns dias.

Fabiano se aproximou pela esquina, e pôde ver de longe a moça em pé, na calçada. Parou para fitá-la. Ela observava algo que segurava nas mãos, e os cabelos castanho-claros acompanhavam suavemente a direção de seu olhar.

Ao vê-la de longe, o médico foi tomado por uma sensação, ao mesmo tempo, de admiração por sua beleza, mas também de ternura. Ela tinha um ar de resolução e de franqueza que lhe atraíam, para além de suas belas feições.

Vestia uma bota de couro marrom, calças jeans bem claras, quase brancas, e uma camisa bege. Ao fundo, um painel com vasos afixados, contendo plantas de um verde bem escuro, permitia vislumbrar com clareza a silhueta do que pareceu ao médico, enfim, um misto indefinido de sublime e de provocante.

Chegou-se vagarosamente, sem tirar os olhos de Alice. Percebeu claramente, em seu íntimo, que não queria causar apenas uma boa impressão como profissional.

Naqueles poucos instantes, prometeu a si mesmo não perder o foco daquilo a que se propôs quanto a seu paciente e, ao mesmo tempo, pensou em como cumprimentá-la, o que dizer, em como ser agradável sem parecer inconveniente. Secou a mão direita, já úmida de suor, para estendê-la à moça. *Mantenha sua distância, seja você mesmo, seja profissional*, pensou.

— Olá Alice, desculpe pelo atraso. Está esperando há muito tempo?

Ao se virar, o sorriso discreto e o olhar amendoado, sereno e ao mesmo tempo seguro, permitiam vislumbrar na moça ainda outra coisa: ela se sentia aliviada em se encontrar com alguém como Fabiano, que percebeu que tinha razão em seu palpite de que o paciente tinha, nela, a pessoa que mais se importava e, além disso, a única que poderia realmente ajudar o corpo médico. Havia muito a conversar com ela, o que provocou, no médico, um misto de uma leve felicidade nunca antes experimentada e muita antecipação.

— Olá doutor. Não, cheguei há pouco. Como vai?

Fabiano procurou retribuir o belo sorriso da melhor forma, embora estivesse em clara desvantagem, segundo pensou, nesse aspecto.

— Me chame de Fabiano apenas, por favor. Vamos?

— Vamos, faz tempo que não como direito...

Ao andar ao lado, quase atrás da moça para entrar pela porta, o médico aproximou suavemente seu braço em paralelo à sua cintura, sem tocá-la. Sentiu-se seguro, como se um calor aconchegante se apoderasse dele. Sorriu bobamente, sem perceber.

— Muito trabalho? Imagino que sim, com seu chefe ausente...

— Ah, nem tanto. É uma longa história.

Alice sentiu que poderia contar a seu companheiro de almoço tudo que a afligia. Alguma prudência, no entanto, não seria despropositada.

Olhou levemente para trás, para encontrar os olhos escuros de seu interlocutor. Sorriu novamente para ele, percebendo que havia ali uma transparência que há tempos não via. Ele era jovem, tinha as feições agradáveis, mas carregava olheiras marcantes, sinal de que não dormia bem há tempos. Parecia, de qualquer modo, ter energia e vontade de acertar.

Viram-se de repente sentados a uma mesa próxima de uma janela, num canto discreto.

— Que bela voz, não? — Perguntou o médico, apontando para cima. Referia-se à música ambiente. Uma canção com voz feminina, cantando em *scat*. Alice conhecia o estilo, pois seu chefe apreciava bastante as cantoras de jazz. Era certamente uma voz negra, que passeava com desenvoltura sobre a harmonia, como se a sobrevoasse, dançando no ar.

— Também gosto...

— Speranza Spalding, "Knowledge Of Good And Evil". É uma cantora americana. Bastante jovem, um grande talento, não acha?

Alice assentiu, sorrindo.

— Você também gosta muito de música, certo? Conhece todas as músicas que ouve... Reconheceu outro dia o que eu cantava lá na clínica. Nem percebi que estava cantando tão alto.

— Não, coincidência. Ouvi esse álbum há poucos dias, foi recém-lançado. Essa faixa está logo no começo, por isso reconheci. O título me chamou a atenção. Fiquei pensando... será que temos que realmente conhecer o mal a fundo para evitá-lo, ou escapar das armadilhas e das tentações que vêm com ele?

Alice desviou o olhar para cima um instante e suspirou, respondendo, convicta:

— Acho que sim. Se estudamos história, ou se lemos a obra de Orwell, por exemplo, temos mais facilidade de perceber se um regime autoritário está se formando.

— Bem pensado.

Alice se lembrou de Brunswichk. Será que percebera, ainda que inconscientemente, desde o começo, que ele representava algum tipo de ameaça?

Sua figura, pensou, por alguma razão, estava o tempo todo pairando sobre ela, desde que se lembrara dele no outro dia. Um arrepio lhe subiu a espinha.

Olhou novamente nos olhos de Fabiano, em busca de algo que neutralizasse aquela sensação. Seu rosto era sereno e firme, de alguém que não tem todas as respostas, mas sempre buscará por elas. Tinha a pele muito clara, embora os olhos e os cabelos fossem castanhos. O nariz era levemente protuberante, mas de uma maneira harmoniosa com o restante da face. Era magro, e um tanto ereto, o que demonstrava convicção. Seus dedos longos tamborilavam o tampo da mesa descontraidamente. Alice se acalmou novamente.

— Você acredita que um contato maior com música possa ajudar na recuperação do Antônio? Se é que vocês têm pensado em recuperação...

— Ah, eu sempre penso. Sempre. Se não fosse assim já teria desistido da minha profissão. E, sim, acredito que a música possa ajudar, já que parece ser algo importante para ele. Sabe se ele toca algum instrumento?

— Claro, ele sempre tocou piano. Tem muita facilidade com instrumentos. Ele costuma batucar com os dedos como você, e era muito coordenado para fazer isso, às vezes eu me impressionava com os padrões que ele criava, apenas usando os dedos.

Fabiano sorriu novamente.

— Pena não ter te conhecido antes... eu não sabia disso. A família parece tão distante dele... como é a relação com o filho?

— Ele sempre demonstrou carinho com Nélson, sempre se preocupou. Mas acho que a recíproca não é verdadeira.

— É uma pena. Já, já voltamos à música, mas, antes, me conte como ele é, quero dizer, como é o comportamento dele no dia a dia, quero dizer, na relação com as pessoas... ele as olha nos olhos, é sociável? Pergunto porque ultimamente ele tem demonstrado alguns comportamentos que me fizeram abrir novas linhas de diagnóstico.

— Ele sempre teve alguma dificuldade de socialização. É

muito discreto. Não se sente bem em meio a muita gente. Às vezes, eu reparava, ele tendia a evitar um pouco os olhos de outras pessoas. É engraçado, nunca tinha realmente parado para pensar sobre isso.

— É muito quieto ou fala demais quando está à vontade?

— As duas coisas. Quando ele estava empolgado com algum assunto, realmente não parava de falar... — Alice sorriu novamente, de modo iluminado. — Acho que aprendi muito com ele assim.

— Ele é mesmo uma figura muito especial, pelo jeito.

— Você colocou o CD para tocar para ele?

— Ainda não. Queria conversar com você primeiro e acho que fiz bem.

Nesse momento, o telefone do médico tocou. Ele se desculpou e atendeu, sem tirar os olhos de Alice, que retribuía o olhar.

Algo ocorrera com o paciente.

36

O caminhante está em Amsterdã, na estação central. O alvoroço daquele horário o confunde, enquanto, instintivamente, procura, em meio às centenas de pessoas espalhadas, que andam, falam e gesticulam, pela figura esguia que vira nos dias anteriores. O rosto daquele indivíduo, às vezes, parece quase se formar à sua frente, muito embora não tenha tido a oportunidade de olhá-lo.

Há alguma relação entre o objeto que procura e aquela pessoa, que também o busca, tem certeza. o caminhante entende, por algum motivo, que não poderia permitir tal contato, devendo ao menos, se o caso, interrompê-lo, antes que seu ilegítimo possuidor faça uso efetivo dele.

Segue um caminho que lhe parece levar às plataformas.

E, de repente, entre os passageiros que ingressam num trem, lá está ele. A figura sinistra entra por uma das portas de um vagão intermediário.

O caminhante se apressa e entra no último carro. O comboio parte e ele se senta, lá no final.

Irá se aproximar vagarosamente, sem que aquele que persegue possa perceber, até o último instante.

37 – SÃO PAULO, 2011

O colecionador se sentou num dos vagões do metrô, em direção à região central, em um canto, longe de todos. O trem estava um tanto vazio, em razão do horário, o que o agradou. Sabia que ninguém o vira entrar ou sair do hotel em que Peter estava hospedado, e já se acostumara a esgueirar-se anonimamente.

Discretamente, levou a mão direita ao bolso da jaqueta e de lá tirou a caderneta que subtraíra. Começou a folheá-la.

Antes de mais nada, procurou, nas páginas finais, um registro que vira escrito ali anos antes, de maneira misteriosa, com sua própria caligrafia.

Como imaginara após anos de dúvidas, nada havia escrito ali. Com uma caneta que, não por acaso, já tinha consigo, escreveu os dizeres que ali faltavam e sorriu, triunfante. O ciclo se completava.

Algo, no entanto, em seguida, chamou sua atenção. Estava, claramente, sendo observado.

Virou-se rapidamente para trás, mas nada havia ali. Apenas, a uns três ou quatro metros de distância, algumas pessoas conversavam, ignorando-o completamente. O trem estava em movimento, de maneira que ninguém poderia ter entrado ou saído do vagão.

Voltou-se novamente para frente, mas aquela sensação não o abandonava. Talvez uma câmera de segurança, acima, no teto. Olhou para cima, mas nada havia ali, aparentemente.

Sobressaltou-se. Era como se, a qualquer momento, alguém fosse rendê-lo violentamente por trás e se apossar do caderno de notas.

Levantou-se e se aproximou da porta, aguardando, ansiosamente, a parada do trem, para dele descer onde quer que estivesse. Respirou fundo e pensou que aquilo não fazia sentido algum. Estaria com sentimento de culpa, justo agora? Não, era certo que não se tratava disso.

O carro parou. O colecionador colocou a mão esquerda sobre o vidro da porta, como a tentar empurrá-la com o pensamento, para que abrisse logo.

Para sua surpresa, no entanto, ela continuou cerrada. O trem permaneceu estático, em silêncio.

Notou, então, que aquelas pessoas que antes estavam ali, estranhamente, haviam simplesmente desaparecido. Apenas ele estava ali, preso.

Estava certamente delirando, pensou. Começou a suar frio. A luzes do vagão, então, de repente, se apagaram por completo.

Desesperado, o colecionador começou a bater na porta, para que ela abrisse.

O silêncio ao redor era total, no entanto. Parecia que o vagão se encontrava em uma espécie de limbo, suspenso numa escuridão densa e impenetrável.

Tateou as paredes do trem, em busca de um dispositivo de emergência, quando, então, para seu pavor, sentiu sua mão ser fortemente segurada por outra.

Gritou e se agitou, tentando pular para trás.

Nesse momento, para seu alívio, as luzes se acenderam e a porta se abriu.

O colecionador ganhou a plataforma, ofegante, e subiu as escadas, para ganhar a rua, com o coração palpitando, quase a pular para fora de sua boca seca. O caderno ainda estava ali, em suas mãos, mas algo ocorrera com ele.

38

Duas folhas. Isso é tudo que o caminhante conseguiu obter de sua caderneta de notas.

Segura em suas mãos os pedaços de papel e olha seu conteúdo. Estranhamente, a caligrafia não se parece com a sua, mas lhe é, de algum modo, familiar. Fica intrigado.

São fragmentos de frases. Algo que não faz sentido neste momento. Percebe, num olhar mais atento, que estão escritas em outra língua.

Conclui que o caderno já foi utilizado por seu novo possuidor, que anotou algo justamente naquelas folhas arrancadas.

Desanima-se profundamente.

Ali mesmo na estação, senta-se num banco. Terá que traçar uma estratégia para localizar novamente o possuidor do caderninho, já que ele desapareceu em meio à multidão.

Fecha os olhos e procura se concentrar, mas está muito cansado e perdido. Respira fundo, sentindo necessidade de se concentrar em sua respiração para relaxar. Naquele momento, parece flutuar no escuro.

Fica a ouvir os ruídos dos passos daqueles que transitam a seu redor, o falatório dos passageiros, os trens que passam, num sentido e no outro.

Os sons, aos poucos, vão se alterando. Parece que se tornam mais distantes, formando, juntos, um todo homogêneo. O caminhante, gradativamente, sente como se estivesse se posicionando no centro de todo o movimento. Tudo parece passar a gravitar a seu redor. A sensação é nova, mas agradável. Deixa-se levar. Não vê nada, mas tem a sensação de que as coisas se aglomeram, fundem-se, passam a girar de maneira harmônica e coordenada, desprendendo-se da armadilha do espaço e do tempo, e os sons correspondentes as acompanham.

Sente vontade de ficar ali, experimentando aquela sensação de leveza, esquecer de tudo, de sua missão, seja qual for o objetivo dela, que já não importa muito. Aos poucos, esquecerá quem era, o que fazia, do que gostava. Permanecerá pendendo, fruindo a eternidade, solto, livre. Talvez tenha vindo a existir para isso.

Após algum tempo, percebe: nem sequer sabe mais qual é seu nome. É, no entanto, alguém. Sabe disso. E precisa de respostas.

39 – SÃO PAULO, 2011

Alice decidiu ir junto com Fabiano até a clínica. Afinal, o chamado que ele recebera dizia respeito justamente a Antônio.

— Eles vão avisar a família? — Perguntou enquanto se dirigiam ao estacionamento em que o médico deixara seu carro.

— Disse a eles que aguardassem meu retorno. Quero ver o que houve e como ele está. Quero evitar uma ligação mais afoita para o filho, pode ser desnecessário afinal.

Pelo que Alice compreendera, Antônio havia tido uma extrema agitação. O plantonista e enfermeiros se surpreenderem e se preocuparam, a ponto de telefonarem para Fabiano, mesmo fora de seu dia de clínica.

O trânsito, como era de costume, estava congestionado desde o início do caminho. Lado a lado, no silêncio do interior do automóvel, um quase podia ouvir a respiração do outro. Ficaram em silêncio por um tempo. Um, no entanto, sentia intensamente a presença do outro. Ambos sabiam disso.

O dia estava ensolarado, mas fazia um certo frio. Alice observava os transeuntes passando pela calçada, como se aquilo fosse um filme mudo. Tentou imaginar ser um deles, o que estaria vendo à sua frente.

Chegou a se sentir apressando o passo, por estar atrasada para algo. Percebeu o quanto estava ansiosa. Estranho como os caminhos que percorremos levam às nossas experiências. Lembrou-se de ter lido que seria uma ilusão pensar em passado, presente e futuro como coisas distintas. Estamos envoltos em um emaranhado de tempo e espaço, mas a nossa realidade diária é tudo que nossos sentidos nos permitem perceber. Gostaria, pensou, de não ter esses limites, de poder saber o que acontecera anos antes, e o que aconteceria a partir de agora com seu patrão.

Fechou brevemente os olhos. *Talvez, então, a intuição seja a única ferramenta capaz de, de algum modo, perscrutar essa realidade mais ampla.*

Percebeu que estava convicta, no fundo, que o fim dele não poderia ser aquele estado semivegetativo em que ele se encontrava. Havia algo, ou muito mais, reservado pelo destino. De novo, no entanto, foi tomada pela sensação de que aquele era o caminho, por alguma razão.

— Alice? Desculpe, você está bem?

— Ah, sim, sim, acho que com um pouco de fome, talvez, e preocupada.

— Sequer passamos do *couvert*..., mas podemos tentar comer algo depois. Tenho certeza de que tudo correrá bem.

— Vocês, médicos, têm que ter sangue frio, não é? Essa é a rotina de vocês.

— Nem tanto no meu caso. Emergências não são tão comuns na minha atividade clínica. Aliás, também pensei nisso quando escolhi a minha especialidade. Houve um tempo, acredite, que eu não podia nem ver sangue...

Alice sorriu.

Um médico que não pode ver sangue? Como você superou isso?

— Acho que é mais comum do que se imagina. Bom, não sei se você vai acreditar, mas eu passei, na época, por um tratamento, digamos, alternativo. Uma reprogramação.

Ainda sorrindo, Alice retrucou:

— Falando assim, fica parecendo que nós somos máquinas!

— Não, não somos. Mas o funcionamento da mente tem, como você sabe, certos parâmetros, muitos deles ainda não compreendidos. É possível intervir, atingir o inconsciente, conversar com ele e, como eu disse, reprogramar algumas crenças que estão gravadas lá no fundo. Isso pode mudar todo o nosso comportamento.

— Entendo. Você já pensou em fazer isso com o Antônio?

— É uma possibilidade. Mas o estado dele não tem permitido ir muito longe nisso. E você, tem algo que a incomoda em sua maneira de agir, em suas reações? Não quero torná-la minha paciente, desculpe.

— Não tem problema, acho esse assunto muito interessante. Você percebeu algo no meu comportamento?

Fabiano olhou para cima, claramente pensando no que falar e em como prosseguir.

— Por enquanto, apenas pude perceber um brilho intenso nos seus olhos...

Arrependeu-se imediatamente. Podia parecer ousado demais. Completou, para dar um ar técnico ao comentário:

— ... e uma inteligência acima do normal...

Alice apenas sorriu, virando-se para a janela do carro. Não sabia o que responder.

40 – HOLANDA, 1972

Maya desligou o chuveiro. Chamou por Antônio, sem resposta. Provavelmente ele cochilara no sofá. A casa estava um tanto silenciosa.

Secou-se calmamente no banheiro.

O dia estava agradável. Era primavera, uma brisa soprava quente e amistosa, entrando suavemente pela janela do quarto, atravessando o corredorzinho da casa. Podia ouvir alguns ruídos vindos de fora. Crianças brincando na rua, um veículo ou outro que passava.

Vivera ali, naquela cidadezinha, toda a sua vida. Sentia-se bem e segura em sua casa, embora, numa incompletude, percebesse a falta de algo, talvez por ser órfã e pelo passado de sua família.

O caminho que percorria da escola para casa todo dia quando criança sempre lhe vinha à mente quando pensava em seu passado. A trilha em meio ao campo de tulipas ali próximo, tão colorida, arrematada pelo céu, às vezes azul, às vezes cinzento, frequentemente parecia quase irreal, como se conduzisse a um retorno para o infinito de onde viemos. Era assim que essa lembrança vinha, sempre, num tom meio amarelado, como num filtro aplicado pela memória.

Pensou que Antônio sempre estivera em sua vida, de algum modo. Era como se, apesar de estrangeiro, ele fizesse parte daquele cenário que ela conhecia desde pequena, os campos floridos, o céu azul do verão, o Amstel a correr, como que desde sempre. De algum modo, a presença dele funcionava como um bálsamo, harmonizando tudo, como a fazer as vezes de um maestro a reger sua orquestra, sentado sob uma árvore, assobiando uma melodia e comandando a terra, o céu e o ar. Pensou por um instante. Será que não seríamos todos nós, juntos, a exercer esse papel?

Balançou levemente a cabeça. Sorriu e respirou fundo.

Entrou no quarto de dormir, ainda enrolada em uma toalha. O interior do cômodo lembrava o famoso quadro de Van Gogh. A cama desarrumada, objetos sobre a mesinha, a janela entreaberta. Isso chamou sua atenção. O fecho da janela estava com um pequeno defeito, só se abrindo pelo lado de fora. E estava fechado há poucos minutos. Teria Antônio saído da casa para abri-lo?

O vento soprou mais forte pela janela. Sentiu frio. Parecia que o céu passara a lutar com algo, lá em cima. Foi até a janela e a fechou. Mas era em vão. *Apenas pelo lado de fora*, pensou. Onde estaria Antônio? Chamou por ele, sem resposta. O seu "maestro" não estava por perto. Sentou-se na cama, no canto, e sentiu necessidade de se encolher.

Então, olhou para o chão e a viu.

Aberta, com a parte interna para baixo, havia ali uma caderneta de notas, com capa de couro marrom. Ela também não estava ali antes, ou talvez Maya não a tivesse notado. Abriu algumas páginas e viu anotações, numa língua que não conhecia. Percebeu que, a partir daquele momento, e por muito tempo, a presença de Antônio em sua vida estaria materializada naquele objeto.

41 – SÃO PAULO, 2011

Nélson esperava por Peter. Nada sabia sobre a pontualidade do europeu, mas lhe parecia que havia algo errado. Não tirava de sua cabeça a conversa que tivera com Alice sobre Brunswichk, o cliente enigmático. Ansioso, telefonou para a moça. Ouviu apenas sua voz gravada, o que, por um átimo, o acalentou um pouco. Ainda havia Alice no mundo.

Teria que resolver aquilo sozinho. Deixou um recado para Alice e caminhou só, na escuridão, que lhe pareceu, naquele momento, ainda maior que o habitual para aquele horário.

Subitamente, em uma esquina, pareceu-lhe que alguém chamava, muito embora nada tenha ouvido. O chamado parecia vir do início do quarteirão. Sentiu um arrepio subindo pelo torso. Ao mesmo tempo, estranhamente, não se sentiu ameaçado.

— Alice? — Foi tudo o que conseguiu balbuciar, antes de se virar e perceber, atônito, que nada, nem ninguém, havia ali.

*****

Alice e Fabiano se aproximavam da clínica. Conversavam de maneira leve. Parecia que, para eles, o tempo passava de maneira diferente do que para o restante das pessoas.

— Estranho como às vezes o passar das horas não nos afeta. Por que temos essa sensação, de que podemos ficar meio alheios ao resto do mundo, meio distraídos, dependendo do estado de espírito?

— Ah, já pensei muito nisso e estudei também, é claro, em razão da minha profissão. Atendo pacientes que mergulham de tal forma em seus mundos, que não voltam mais. Você certamente tem ideia de como é.

Alice assentiu.

— Você já ouviu falar do paradoxo de Zenão de Eleia? A história da flecha voando?

— Não de que eu me lembre.

— É interessante, nos faz pensar. É uma ideia que foi rejeitada por muito tempo, aliás pelos próprios filósofos gregos que o sucederam, por parecer absurda. Mas depois, modernamente, ganhou força de novo por ser compatível, de certa forma, com a teoria da relatividade. Ele descrevia o voo de uma flecha como sendo uma sucessão de posições no espaço em que ela, na verdade, está parada, sempre parada. Esses momentos se vão sucedendo e, de um para outro, ela também não se move, pois sequer teria tempo, naquele átimo, para ir de um ponto para o outro. Assim, temos apenas a sensação de movimento, porque ele seria apenas uma ilusão, assim como, para Einstein, o próprio passar do tempo.

— O tempo é uma dimensão, não é isso?

— Isso. Mais uma, que se soma às três dimensões espaciais. Não há dissociação entre elas. Só faz sentido nos localizarmos no espaço e no tempo. Qualquer um deles, sozinho, não faz sentido, muito embora nossa intuição nãos nos permita ver isso com clareza.

— Essas pessoas que estão fora do tempo, como será que veem o mundo, o suceder das coisas?

— Acho que não como nós, Alice. E é interessante pensar em como muitas vezes algumas pessoas não verbalizam nada, apenas sentem, intuem. Nossa linguagem tem muito de tempo, ou seja, do suceder de passado, presente, futuro, como parte intrínseca dela. É interessante imaginarmos como veríamos o mundo se nosso cérebro simplesmente não processasse esses conceitos. Como seria nossa visão e, mais, como seria a nossa própria realidade? E como ela interagiria com as realidades de outras pessoas? E há mais: você já pensou em o quanto de real realmente existe no nosso modo de ver os acontecimentos se desdobrarem, os do passado gerando os do futuro? E se, na verdade, aquilo que está para acontecer, de algum modo, também influencia o que já passou, num processo de causa e efeito, por assim dizer, às avessas?

Alice ouvia, de olhos fechados. A voz do rapaz a acalmava, como um bálsamo. Queria ficar ouvindo, expressando suas ideias, compartilhar também o que sabia. De repente, desejou que não chegassem tão cedo ao destino.

Enquanto isso, Fabiano ainda falava sobre a possibilidade de situações ocorridas no passado ou no futuro serem vislumbradas no presente, como se fizessem parte do agora.

42 – HOLANDA, 1972

Antônio esperava por Maya deitado, de modo desajeitado, no pequeno sofá do quarto. Apreciava, olhos cerrados, as atuais – e inusitadas – circunstâncias de sua vida. Havia criado um padrão com o *zhangda*, e o ouvia e acompanhava, distraído. Sentia-se quase a levitar, como se fosse um menino novamente, a tomar contato pela primeira vez com aquele objeto.

De repente, começou a sentir um sopro suave, mas gélido, na nuca. Olhou em volta. A janela no quarto se abrira. Lembrou-se que tentara fazer isso de manhã, para sentir a temperatura externa, e ela parecia emperrada.

Levantou-se e olhou em volta novamente. Guardou a antiguidade em sua caixa e a deslizou pelo chão sob a cama. Podia ouvir o chuveiro logo ao lado. Maya parecia tomar banho em silêncio. Talvez seu irmão estivesse de volta. Sentiu-se um pouco envergonhado por estar ali, daquela maneira, no quarto dela. Dirigiu-se à sala, os pés descalços flagelando-se no chão frio. Sentia uma estranha urgência, que não sabia explicar.

Ao voltar-se novamente na direção do banheiro, estarreceu-se, arregalando os olhos. Não conseguiu gritar. Não havia ar, apenas um nó descomunal que imediatamente se instalou sua garganta.

Um vulto em vestes escuras passava, gélido, pelo corredor, portando consigo, em uma das mãos pálidas, um objeto brilhante, que refletia a luz matinal vinda da janela entreaberta. O objeto pingava, vermelho. Num impulso, Antônio saltou em sua direção, com a intenção de precipitar todo seu peso sobre o intruso e detê-lo. Em vão, no entanto, pois acabou por se chocar contra a parede do outro lado, com toda a força. Arrepiou-se. O que teria sido aquilo? Uma assombração, ou talvez a visão de um acontecimento passado naquela casa muito – ou pouquíssimo -

tempo antes? O vulto passara pelo corredor como se tivesse acabado de sair do banheiro, onde Maya tomava banho.

Ainda podia ouvir o chuveiro ligado. Paralisou-se ante a perspectiva de ir até a porta para checar se ela estava bem. Não foi preciso, no entanto, pois o chuveiro desligou e ela chamou seu nome.

Mas sua voz parecia distante, vinda de outro lugar. Ou seria de outro tempo?

Respondeu imediatamente, mas percebeu que ela não ouvia. Correu até ela. Ao chegar no banheiro, suas pernas falharam. Caiu de joelhos. Lá estava ela, olhos abertos, caída, sem vida, uma toalha desajeitada sobre o corpo. Gritou o nome da moça, agora a todo volume, mas não ouviu seu próprio grito.

Lembrou-se, suando desesperadamente: o *zhangda*. Correu até o quarto, olhos encharcados e um indescritível aperto no peito. A caixa estava lá, como a havia deixado, embaixo da cama. O invasor certamente estava atrás dele, não havia outra explicação possível; fosse quem fosse, não tinha conseguido achá-lo e, provavelmente, correra a fugir, ao notar sua presença. Viu que seu bloco de notas estava caído no chão. Provavelmente havia sido examinado e em seguida largado ali, na pressa da fuga. Mas não havia tempo para pegá-lo.

Precipitou-se novamente ao banheiro, abrindo a caixa de madeira, largando-a aberta pelo meio do caminho. Sentou-se ao lado de Maya, chorando baixinho, desesperado. Respirou fundo. Começou a manipular o instrumento, criando padrões de som ritmados.

Um padrão se sobrepunha ao outro e, em alguns minutos, o que antes era um conjunto de pedaços soltos de som agora consistia numa sinfonia sincopada e envolvente. Continuou, tentando mergulhar cada vez mais fundo e esquecer o que havia a seu redor.

Pareceu-lhe, finalmente, que havia ingressado numa dimensão paralela do espaço, na qual o tempo tinha um andamento diferente do habitual. Já não mais sabia seu nome ou exatamente quem era, mas se lembrava de Maya, seu rosto iluminado, seu sorriso espontâneo e leve.

Maya.

Com ela a representar um objetivo fixo em sua alma, apenas se deixava levar pelo passar dos instantes, como lâminas que se seguiam, uma após a outra, tendo agora a capacidade de distingui-las, separando-as. Começou a transitar entre elas. Lembrou-se: era o que fazia antes, quando criança, ainda alheio ao mundo exterior. Concentrou-se.

E então viu o invasor, vestes negras, faca na mão, dirigindo-se ao quarto, após o ataque a Maya, em busca do *zhangda*, ficando claro que era mesmo o que ele procurava.

Voltou um pouco mais pelos feixes paralelos e chegou a um ponto anterior, em que o agressor, embora já tivesse invadido a janela, ainda não havia saído do quarto, ingressando no corredor rumo ao banheiro; conseguiu, assim, reunindo todas as suas forças, empurrá-lo violentamente de volta ao local de onde viera.

O intruso sentiu o golpe. Desequilibrou-se e foi arremessado na direção da janela, saltando para fora e desaparecendo. Antônio pôde ver, ainda, a caderneta de notas, que ficara ao chão. Por uma fração de tempo, fixou-se nela – seu tamanho, sua cor e seu formato.

Confuso, procurou localizar novamente os sons vindos do banheiro. Percebeu que Maya ainda estava lá. Sabia que ela estava bem, não tinha sido atacada. Ele conseguira evitar a agressão fatal, mas parecia estar preso, junto com o *zhangda*, num ponto indefinido, de luz difusa, solto no espaço e no tempo.

Abriu novamente os olhos e, para sua surpresa, nada havia ali. Maya não estava no banheiro.

Então, percebeu. Tivera um vislumbre do enorme perigo que ela corria. Havia quem estivesse atrás do *zhangda*, e, fosse quem fosse, o encontrara. Maya, portadora do instrumento, ou mesmo sabedora de seu paradeiro, seria eliminada sem hesitação, caso necessário.

Decidiu-se: de posse do objeto, teria que desaparecer da vida da moça que, para ele, ficava claro agora, era mais preciosa do que qualquer outra coisa.

43

O caminhante, de posse das duas folhas da caderneta, procura se guiar pelas ruas da cidade, movido muito mais pela intuição – *por onde a figura sombria poderia ter ido?* – do que pela lógica.

Fita novamente os dizeres nas folhas que arrancou da caderneta.

Como se fossem cartas especiais que guardou na manga, sabe que elas o aproximam de alguma informação ou revelação que poderá nortear sua busca.

Mete novamente o papel no bolso, passando a olhar em frente, procurando reconhecer, no breu nebuloso do neon amarelado, a paisagem urbana à sua volta.

Ao desviar o olhar, vê um vulto a cem metros de distância, também a caminhar.

Está bastante escuro – uma bruma parece cobrir tudo ao redor das lâmpadas de rua. Trata-se de outra pessoa, que, surpreendentemente, parece ainda mais incerta de seu caminho do que ele próprio.

Então, ele para onde está: foi percebido.

Em dúvida, resolve se retirar. Ainda ouve, no entanto, o estranho pronunciar um nome: *Alice.*

Repete para si, em pensamento: *Alice.*

Uma jovem figura feminina surge em sua memória, de início pequena e indistinta, crescendo gradativamente, como uma criança perdida que amadurece. *Eu vejo seus olhos diante de mim*, sente.

De repente, o caminhante, ainda sem as respostas que procura, sabe com segurança de algo: a menina, sua menina, não está a salvo. Tem que ir até ela.

44 – SÃO PAULO, 2011

Ainda no carro, a caminho da clínica, Alice, subitamente, voltou a se lembrar de uma conversa com seu chefe, a respeito do passar do tempo. Era a mesma história contada há pouco por Fabiano.

— Zenão de Eleia, um antigo filósofo grego — dizia ele, — segundo os escritos que chegaram até nós, falava de um paradoxo que não percebemos no movimento dos objetos. Para isso, ele mencionava uma flecha em pleno voo até o alvo, dizendo que as mudanças de posição que percebemos nos objetos são mera ilusão. Ele afirmava que, para que movimentos ocorram, um determinado objeto precisa mudar sua posição. No entanto, a cada momento de sua trajetória, a flecha ocupa uma única e determinada posição e, na verdade, não está se movendo. A cada um desses instantes únicos, não há tempo ou espaço para que a flecha se mova. Ela está, na verdade, parada. O movimento – e o tempo – seriam uma ilusão.

— Você acredita nisso? — Alice retrucara, depois de pensar um pouco. — Parece um tanto óbvio, mas, ao mesmo tempo, uma certa ginástica intelectual para...não sei, criar confusão.

— Bem, durante muito tempo foi exatamente isso que se pensou. Mas ele estava certo.

Alice apenas o fitara, com um certo olhar de interrogação.
— Como ter tanta certeza?

— Acredite em mim, — completara Antônio. — Ele estava certo.

Alice se virou para Fabiano, quieto e pensativo ao volante.
— Desculpe, Alice. Estava pensando aqui sobre o que conversávamos. É difícil passar um dia sem que eu fique perplexo com esse assunto.

— Você e o Antônio vão ter muito o que conversar quando

ele se recuperar. Eu estava lembrando de algumas coisas que ele falava. Ele comentou comigo uma ocasião sobre aquela questão de flecha em movimento. Ele tinha algumas certezas e tratava disso com muita convicção. Tinha muita segurança do que dizia.

— E o que ele dizia?

— Bom, pelo que me lembro, ele dizia, basicamente, que o tempo, tal como o concebemos, não existe. Simplesmente não existe. Havia momentos em que ele parecia ter realmente experimentado isso de alguma forma.

"Se é assim", pensou, "talvez ele esteja comigo agora mesmo, nesse instante".

45 – HOLANDA, 1972

O colecionador andava a esmo por uma pequena cidade. Suas investigações o haviam levado a tal lugar. Havia feito muito, inclusive coisas bastante questionáveis, para estar onde estava. Não podia parar agora. Achara a rua que procurava. Havia recebido uma descrição da casa em que sua busca finalmente terminaria, e andava cautelosamente, prestando atenção nos detalhes das fachadas de cada uma das residências.

Deparou, finalmente, com uma construção térrea, ornada por um pequeno jardim à frente, separado no meio por uma passarela de pedras quadradas acinzentadas, que dava em uma porta de cor ocre. Em cada uma das metades do jardim, uma pedra. Eram quase idênticas e se encontravam posicionadas de forma equidistante da passarela, como se estivessem a montar guarda. Próxima à porta, do lado direito, uma árvore de tamanho médio, cuja copa cobria, para quem olhava de frente, a parte superior do batente.

Não havia dúvida. Esse era o local. De início, embora a rua estivesse aparentemente deserta, o colecionador, por cautela, simplesmente passou pela frente da casa, como um transeunte qualquer. Era manhã, e alguém poderia sair de qualquer uma das residências, de repente, sem prévio aviso. Chegou à esquina oposta, parou e se virou. Nenhum movimento. Começou, então, a retornar, já pensando em como ingressaria, da maneira mais discreta e rápida possível, naquele local. Ele tinha alguma ideia acerca dos hábitos dos moradores, mas ainda precisaria verificar se havia alguém no interior da casa. Isso talvez levasse muito tempo.

Ao passar novamente pela frente da habitação, pôde ter certeza de que as janelas estavam todas fechadas, assim como a porta. Nenhum movimento.

Sua ansiedade era grande. Respirou e tentou pensar com calma. Esticou-se levemente para os lados, numa tentativa de obter melhor visão das paredes laterais e do fundo. Percebeu, com certeza, que a casa não tinha animais de estimação, ao menos do lado de fora.

Caminhou novamente, agora até a esquina contrária. Ali chegando, retornou novamente, agora de forma mais rápida. Sentiu-se seguro para adotar alguma ação mais concreta.

Passo após passo, lentamente, começou a cruzar a passarela de pedras, rumo à porta. A meio caminho, desviou-se para a janela à direita da entrada e sentou-se sob ela. Concentrou os sentidos, principalmente a audição. Convenceu-se, após alguns breves instantes, de que era possível iniciar sua ação.

Levantou-se vagarosamente de esguio pela lateral da janela, esticando o braço esquerdo em paralelo à sua base. Para sua grande surpresa, percebeu que conseguiria abri-la facilmente pelo lado de fora! Bastava uma pressão, de baixo para cima, na trinca, que se soltou docilmente em sua mão. Seu acesso estava franqueado.

A janela dava para um quarto de dormir, que parecia desarrumado. Sinal de que poderia haver alguém ali. Cautelosamente, observou o interior do cômodo. Percebeu, então, o ruído de água vindo do corredor. Definitivamente, havia alguém no interior da casa, provavelmente no banheiro, ou talvez na cozinha. Concluiu que não poderia ficar muito tempo ali, ainda que entrasse.

Avistou, então, sobre a mesa de cabeceira, um objeto que poderia ser muito útil: uma caderneta de couro marrom repousava ali. Poderia entrar e, rapidamente, dela se apossar. Certamente haveria nomes, endereços, anotações de que poderia se utilizar, talvez, até, para se aproximar dos moradores e, futuramente, alcançar seu objetivo. Resolveu pular a janela, pegar a caderneta e sair novamente. A partir daí, planejaria melhor suas ações.

E assim fez. Trespassou a janela, o que lhe foi particularmente trabalhoso, pois ela era alta e, para sua envergadura, um tanto estreita. Uma vez dentro do quarto, dirigiu-se diretamente à mesa de cabeceira e pegou a caderneta.

A cada segundo, olhava em direção ao corredor, passando a se sentir mais seguro de que sairia ileso daquela invasão. Caderneta em mãos, dirigiu-se vagarosamente no sentido do interior da casa, exatamente de onde vinha o ruído que, agora tinha certeza, era de alguém a tomar banho.

Já havia percebido que aquele quarto era de uma mulher, que muito provavelmente conseguiria dominar de maneira rápida e fácil. Isso permitiria um exame mais detido pela casa e, talvez, a localização de seu prêmio.

Uma sensação de poder e de urgência passou a lhe dominar. Seu coração acelerou, mas não como um desestímulo à sua ação. Parecia que isso lhe dava incentivo para continuar. Sua busca estava próxima do fim, sentiu, e qualquer ação, ainda que violenta – não seria a primeira que praticaria – estaria perfeitamente justificada pelas circunstâncias. Sentiu-se capaz de qualquer ato, e que aquela pessoa desconhecida era, sim, sua presa. Quase pôde sentir sua vida indefesa em suas mãos, esvaindo-se. Estranhamente, essa sensação, em seguida, se dissipou, como se escapasse de suas mãos e de seu controle. Pareceu-lhe que algo se aproximava, ameaçando-o.

Olhou novamente para a caderneta em sua mão. Era um tanto insólito, mas a sentia como um corpo estranho, alheia àquele contexto. Parecia quase abstrata, como se ele pudesse fechar o punho com ela ali, ainda em sua posse, sem que sequer se amassasse.

Quase sob a porta do quarto para o corredor, encolheu-se contra a parede e folheou-a, rapidamente. Ao final, perto da contracapa, arregalou os olhos: um susto tremendo o fez arrepiar-se e soltá-la ao chão. Reconheceu, atônito, dizeres manuscritos com sua própria caligrafia. Ele mesmo escrevera, com suas próprias mãos – tinha total certeza, aquela era sua letra, mas quando isso acontecera? –, que o *zhangda* se encontrava em seu poder!

Subitamente, como num sonho, um movimento o atingiu, com um forte empurrão. Parecia carregá-lo, contra a sua vontade, em direção à janela, para fora da casa. Incapaz de resistir, o colecionador deixou o local, sem sequer pegar a caderneta, que ficou ao chão. Já na rua, fora da casa, ainda um tanto atordoado, equilibrou-se contra um poste de luz e sorriu: não sabia bem como, mas tinha plena certeza de que o *zhangda*, no futuro, estaria em suas mãos.

46 – SÃO PAULO, 2011

— Nunca o havíamos visto com tanta agitação. Foi fora do normal. Achamos em um determinado momento que ele olhava fixamente para um ponto acima dele, e que iria balbuciar algo.

Enquanto a enfermeira fazia esse relato a Fabiano, Alice, a seu lado, olhava para Antônio, agora sedado. Sua mão direita tocava levemente a mão esquerda do médico. Ambos perceberam o fato, e deixaram que acontecesse, como algo natural, inevitável, e de que precisavam naquele momento.

A enfermeira deixou o quarto, e Fabiano passou a ler o prontuário. Alice se sentou na poltrona abaixo da janela e ficou observando o médico trabalhar. Olhava-o ternamente, sentindo-se amparada, de maneira diferente de como se sentia quando Antônio ainda estava bem e trabalhando normalmente. Fechou brevemente os olhos.

Estava, de repente, no meio da rua. O dia terminava e a luminosidade falhava ao seu redor. Viu um homem se aproximar. Vestia um sobretudo marrom, que parecia um tanto desgastado, sobre uma camisa social branca. Tinha os olhos verdes atentos, mas um tanto atônitos. Parecia confuso de início, mas, ao vê-la, mostrou-se subitamente aliviado. Sorriu levemente, acenou ao passar a seu lado, e seguiu seu caminho, agora com os passos certos e seguros.

— Alice! Tudo bem com você?

Fabiano passava a mão, levemente, sobre o rosto da jovem, que abriu os olhos.

— Você cochilou. Parece exausta. Venha, vou te deixar em casa.

— Acho que sonhei com ele. Ele estava bem, mas parecia muito mais jovem. Passou por mim e seguiu em frente...

Os olhos da moça se encheram d´água. O médico percebeu

o que ela prenunciara e a abraçou.

— Calma, vai ficar tudo bem.

Alice pousou a mão direita sobre a testa de Antônio, que permanecia imóvel, como se sonhasse pesadamente. Em seguida, deixou-se conduzir, silenciosamente, por Fabiano, para fora do quarto.

*****

Nélson esperou em vão. Nem Alice nem Peter apareceram. Será que havia algo errado? O telefone da moça não respondia.

Olhou novamente o relógio, ansioso. Resolveu que não poderia mais ficar ali. Algo estranho estava ocorrendo, já que Alice era pontual e responsável. Tal comportamento era totalmente incomum. A ausência do velho europeu ao encontro combinado apenas reforçava essa estranheza.

Levantou-se e rumou para o edifício de Alice. Esperaria ali até que ela desse sinal.

47 – HOLANDA, 2011

Maya olhava a parede da sala de seu apartamento. Lá fora, caía uma chuva grossa, acinzentando a cidade e o horizonte. Sentiu-se só. Peter não dera notícias. Ansiava por notícias de Antônio, sobre qual era o seu estado, se havia perspectiva de recuperação. Sabia muito bem de sua condição quando menino. Será que se tratava de um problema cíclico, que havia retornado agora, depois de décadas? O que teria acontecido ao *zhangda*?

De súbito, algo a chamou para a janela. Não era um ruído, ou um vento encanado. Era uma onda, um calor, algo indefinido, que precisava se comunicar. Chegou até o vidro e olhou para baixo. Vez ou outra passava um carro na rua, desmanchando a lâmina brilhante que se formava no asfalto. Fitou atentamente a calçada.

Um homem, possivelmente de uns trinta anos, passava logo abaixo, andando calmamente na chuva. Vestia um sobretudo marrom, calças e sapatos pretos. Ao atravessar a fachada do prédio, bem sob a janela, olhou para cima, bem nos olhos de Maya. Sorriu ternamente. Seus olhos verdes eram inconfundíveis. Atônita, com o coração disparado, a mulher sabia que lhe restava, apenas, continuar a acompanhar com os olhos aquela figura familiar, de que tanto sentira falta, por tantos anos.

O homem andou mais alguns metros e se sentou num banco de rua, bem em frente ao prédio. Acomodou-se e ficou por ali mais alguns instantes. Maya percebeu, maravilhada, que a chuva simplesmente não caía sobre o banco, que estava seco, assim como o homem, que continuou a olhá-la fixamente, como se tentasse obter força e energia para o que lhe estava reservado mais adiante. Em seguida, levantou-se e partiu novamente, com um leve aceno.

Maya sorriu e buscou o telefone. Ainda não sabia o que estava ocorrendo e o que o futuro reservava, mas precisava, finalmente, contar sua história à sua filha.

48 – SÃO PAULO, 2011

Fabiano levou Alice até a casa dela, mas lá ficou por mais algumas horas. Ao lado dela, sentia-se bem como nunca se sentira, e sentia que ela precisava de sua presença.

A moça pensava em como o destino nos prega peças. Em meio a uma fase incerta de sua vida, num turbilhão de acontecimentos, conhecera, justamente em razão disso, alguém com quem se identificava com uma intensidade que jamais experimentara antes.

Despediram-se vagarosamente, à porta do apartamento. Ela não havia contado a ele sobre seu encontro com Brunswichk, ou sobre o comportamento de Nélson.

Ao fechar a porta e pensar nisso, e se deveria pô-lo a par do que estava ocorrendo – não saberia qual seria a reação dele, motivo pelo qual deixou de fazê-lo naquele momento – lembrou-se do encontro com Nélson e aquele homem que, talvez, fosse um antigo conhecido de Antônio. Levou a mão à testa e, imediatamente, colocou seu telefone na tomada para carregar a bateria.

Havia uma dezena de ligações de Nélson, e um recado gravado ao final.

Alice, estou preocupado. Algo está acontecendo. Vou até a sua casa e nos vemos aí.

A gravação havia sido registrada horas antes, e não havia sinal ou qualquer outro recado de Nélson, na portaria do edifício ou por qualquer outro meio.

Vestiu-se novamente e saiu, apressada.

*****

Nélson caminhava em passos largos até o edifício de Alice quando seu telefone tocou. *Ah, finalmente*, pensou, pegando-o do

137

bolso.

O número, no entanto, era desconhecido.

— Sim?

— Senhor Nélson, há quanto tempo!

Nélson reconheceu imediatamente o timbre de voz, carregado de um sotaque inconfundível.

Num átimo, lembrou-se de diversos momentos em que tivera conversas no escritório com aquele interlocutor, tratando dos mais diversos assuntos.

Soube imediatamente que seus temores estavam corretos. Aquele homem o havia enganado, e sabia de muito mais do que se imaginava até então. Percebeu claramente que ele tinha alguma relação com o que ocorrera com seu pai.

— Onde está a Alice?

— Hmm, vejo que o senhor que se preocupa bastante com seus funcionários. Assume com responsabilidade o posto que um dia foi de seu pai. Nada sei sobre a Srta. Alice, afora seus evidentes encantos. Por que deveria? Meu assunto é com o senhor, não com ela.

As afirmações de Brunswickh eram impregnadas de malícia, e Nélson percebeu. Mas não tinha escolha a não ser entrar em seu jogo.

— O que o senhor deseja?

— Tenho algo que pode ajudar o seu pai a se recuperar. Mas preciso ter acesso a ele para que funcione. Com sua participação, podemos fazer algo por ele.

— Qual o seu interesse nisso?

— Ah, Sr. Nélson. Sou muito grato a seu pai, e também ao senhor, é claro, por tudo o que fizeram por mim. Soube recentemente, por um amigo em comum, do estado de saúde dele. Posso ajudar e o quero, sinceramente.

— E como seria isso? Ao que sei, o senhor não é médico.

Brunswichk riu-se, abertamente.

— Não, não sou, longe disso. A ideia é trazer até perto dele algo que pode interferir em suas memórias, a ponto de fazer com que saia do seu estado atual.

— O senhor terá que ser mais claro.

As suspeitas de Brunswichk, de que alguma desconfiança recaía sobre ele, foram confirmadas.

A resistência de Nélson era compatível com o comportamento de Alice no encontro que tivera com ela. Brunswichk conhecia, no entanto, as fraquezas de seu ex-consultor.

— Imagine, Sr. Nélson, o quão orgulhosos o seu pai e a Srta. Alice ficarão, ao saber que, graças ao senhor, seu pai se recuperou. Precisamos nos encontrar para conversar a respeito, como nos velhos tempos. Pelo telefone nosso contato será muito frio e impessoal.

Nélson ficou em silêncio por alguns momentos.

Brunswichk sabia que a isca estava fisgada, ainda que com uma boa dose de suspeição.

— Onde seria esse encontro?

49

O caminhante sabe que há pessoas importantes em sua vida. Sabe da presença delas em sua jornada, neste momento, talvez, meramente como memórias ternas de tempos mais felizes. Quem sabe, com um pouco de concentração, elas possam dar sentido a essa espécie de turbilhão em que se encontra.

Sentado em seu banco, procurando um sentido para a sua busca, cheia de fragmentos de fatos e lembranças mal explicadas, sente-se tocado na testa, como que por um anjo. Olha para cima, em busca de respostas. Depara, então, com uma janela. Ali está ela, olhando fixamente em sua direção.

— Maya. — Balbucia. E sorri.

A mulher sorri de volta, parecendo emocionada.

Maya, aquela que lhe trouxera significado e um motivo, e a quem perdeu tão rapidamente, apenas para preservá-la. Ela sabe disso? Maya assente, lá de cima, de sua janela.

O caminhante também se recorda de que se reconectou com ela e com a vida pela mão de outra pessoa, que tem como uma filha, que neste momento se preocupa e chora por ele. Não entende, ainda, muito bem, o motivo.

— Alice. — Murmura.

Mas falta alguém. Alguém com quem, por algum motivo, perdeu uma conexão originalmente muito forte.

Parece agora a ele que se rejeitaram mutuamente em determinado momento; de sua parte, subitamente percebe que, inconscientemente, aquela foi sua maneira de rejeitar seu próprio destino, marcado por uma separação repentina e sofrida. Da parte do outro, tudo foi reação a isso.

Tomado por essa clareza, ao olhar em frente, vê, enfileirados, todos os seus antepassados. Fazem uma corrente humana e olham de forma serena e afirmativa em sua direção. Não há excluídos ali. As pessoas são o que são, pensou.

Levanta-se. Precisa sair em busca de seu menino.

50 – SÃO PAULO, 2011

Nélson acordou deitado num colchão duro. Sentiu que estava próximo do chão. Estava num recinto escuro. Sua cabeça doía muito. Tinha dificuldade para se lembrar do que ocorrera. Procurou levantar-se, mas não conseguiu. Sentiu uma náusea intensa e deitou-se novamente. Tentou gritar por ajuda, mas se conteve. Algo lhe dizia que de nada adiantaria fazer isso.

Estava morto de sede. A boca seca, aliada àquela intensa sensação de náusea, era algo que não se recordava ter experimentado antes.

Aos poucos, começou, em meio ao mal-estar, a se recordar do que ocorrera.

Encontrara Brunswichk no local combinado, um velho apartamento na região central, para uma conversa.

Chegou ao local agitado, buscando respostas do estrangeiro, que se manteve frio e distante, afirmando de forma enigmática que poderia ajudar seu pai a se recuperar, mas precisaria de cooperação e confidencialidade.

Recusou, dizendo que Antônio estava em boas mãos.

— Não as suas, suponho. — Respondeu o europeu, de forma sarcástica. Ele estava certo, mas a verdade atingiu a Nélson como um golpe no estômago. Num impulso agressivo, levantou-se, mas, imediatamente, percebeu que, estranhamente, não tinha condições de permanecer em pé. Uma forte desorientação tomou conta de sua cabeça e de suas pernas. Tentou sentar-se novamente, em vão, apagando.

*****

Não muito longe desse espaço escuro, onde Nélson procurava se lembrar dos últimos eventos, o colecionador planejava seus próximos passos. Primeiro arrebatara o filho. A próxima seria a quase-filha. Queria ter total domínio emocional sobre a situação e sobre aquele que tivera por décadas a posse de seu valioso objeto. Além disso, pretendia se aproximar paulatinamente do corpo médico que tratava dele, ganhar a confiança dos profissionais como alguém conhecido que pretendia ajudar. Após algum tempo, obtidas todas as informações necessárias, poderia deixar aquele lugar definitivamente.

O colecionador sabia que Alice estivera acompanhada nos últimos dias, por alguém que parecia ser um médico, em razão das roupas que usava. Havia seguido os dois à distância e os vira entrar na clínica em que Antônio estava internado. Não seria fácil se aproximar da moça como fizera com Nélson. Ele era uma presa mais fácil, pois era mais solitário, ansioso e incauto. Alice, por sua vez, era esperta, ágil e desconfiada. De qualquer modo, não poderia deixar muito tempo passar, pois ela notaria rapidamente o sumiço de Nélson, e isso a levaria a ter óbvias suspeitas.

51

O caminhante encontra um espelho e nele se olha. Na imagem à sua frente, pode ver um aposento familiar, contendo uma escrivaninha, um sofá e um anexo, com um piano. Aquilo que busca está do outro lado. É preciso atravessar.

A vida, pensa, *representa um minúsculo intervalo na história de tudo, em que as condições para seu surgimento são favoráveis. Nada mais que um átimo insignificante. Nele estamos e, em meio a ele, representamos algo ainda muito menor. O que somos diante da imensidão do cosmo e do tempo? Ainda assim, como num verdadeiro milagre, dentro de cada um de nós podem caber sentimentos e realidades tão grandes como o próprio infinito.*

Assim, com isso em mente, ele permanece a contemplar o que lhe parece ser uma trilha, familiar, mas ainda impenetrável.

52 – SÃO PAULO, 2011

O primeiro lugar que ocorreu a Alice foi o escritório. Sabia que Nélson às vezes vagava sozinho à noite, mesmo em fins de semana, pelos corredores e salas vazias, não raro embriagado.

Pelo caminho, pensava em como pai e filho podiam ser tão diferentes. O que os levara a essa separação? Sempre traduziu aquela relação como sendo de um a representar a virtude, e outro o vício. Mas naquele momento não conseguia mais ver a situação dessa maneira. Percebia que, na verdade, os dois juntos faziam parte de algo maior, que de algum modo incompreensível se completavam e se equilibravam, talvez para um resgate, no futuro, de algo que ficou perdido lá atrás.

De algum modo, o estado mental atual de Antônio parecia ter algo a ver com isso.

Lembrou-se de como Nélson a olhava nos dias de expediente, quando passava por sua mesa. Acreditara, por muito tempo, que se tratava de um desejo secreto, que era contido pelo temor da reação de Antônio. Agora, via que tal desejo era de pertencimento, pois ela, Alice, havia ocupado, de certa forma, um lugar que, de direito, seria de Nélson, no coração de seu pai.

"*Que bagunça*", pensou. "*Como me meti nesse emaranhado de sentimentos?*". Chacoalhou a cabeça. "*Provavelmente acontece o tempo todo...*"

A ternura e o respeito por seu velho chefe, no entanto, mantinham-se íntegros, mesmo com tal percepção, que lhe vinha clara agora. Talvez a solução pudesse estar, ao menos em parte, no restabelecimento de uma conexão perdida entre pai e filho.

O escritório parecia vazio. As luzes estavam apagadas no interior da casa. Alice permaneceu por alguns instantes em pé, na rua, do lado de fora, a contemplar o imóvel, tão familiar por tantos anos e, ao mesmo tempo, a completar os pensamentos que lhe vinham como uma torrente e pareciam lhe indicar algum caminho.

De repente, notou que uma das luzes, justamente a da sala de Nélson, se acendeu e se apagou rapidamente. Evidentemente, havia alguém ali. Mas seria o próprio Nélson? Não conseguiu deixar de pensar, por mais absurdo que pudesse parecer, que aquilo poderia ser uma cilada.

Resolveu, então, chamar a polícia, dizendo que suspeitava que o escritório havia sido invadido – o que não era de todo mentira.

Ao pegar seu telefone celular na bolsa, viu uma mensagem de texto. Era Nélson.

Estou no escritório. Venha me encontrar aqui, por favor.

Ainda um pouco desconfiada, Alice resolveu entrar. Antes, por cautela, enviou uma mensagem a Fabiano, com o endereço do local.

53 - SÃO PAULO, 2011

O colecionador aguardava, na escuridão. Observava a janela que dava para a rua em frente, cuidando para não ser visto.

Após alguns minutos naquela posição, viu uma silhueta feminina se aproximando e virando a esquina. Era Alice. Ela parou em frente, na calçada, e pareceu estar em dúvida ou desconfiada. Rapidamente, o colecionador acionou o interruptor, acendendo e apagando a luz. Percebeu ter tido sucesso em chamar a atenção da moça.

No entanto, passados alguns instantes, ela ainda permaneceu imóvel. O colecionador, então, sacou do bolso o telefone celular de Nélson, enviando uma mensagem para Alice. A moça, no entanto, pareceu não perceber o sinal da mensagem.

O colecionador se preparava para se levantar e sair pelos fundos. Seguiria a sua vítima até um ponto onde fosse seguro abordá-la. Numa última olhada, percebeu, no entanto, que ela estava com seu próprio telefone nas mãos, e lia a mensagem. O artifício funcionara: ela passara a caminhar em direção à entrada, após digitar algo, provavelmente uma resposta. Agitado, colocou o telefone de Nélson novamente no bolso e se preparou para dar seu golpe.

Alice ingressou na casa, que permanecia totalmente escura. A escuridão, naquele momento, deixou evidente para ela que algo não estava certo. Antes, no entanto, que pudesse dar meia volta, foi violentamente arrebatada. Algo foi colocado à força sobre seu nariz, um pano qualquer, embebido com uma substância de odor muito forte. Perdeu os sentidos. Antes, no entanto, conseguiu jogar ao chão um objeto que segurava em sua mão direita, dentro da bolsa: uma chave, que havia encontrado dias antes na gaveta de Antônio, com números inscritos, sendo apenas um legível: "3".

54 – SÃO PAULO, 1972

Antônio sentou-se na poltrona de sua sala, pensativo. Tinha um enorme peso no coração, e uma tristeza tomara conta do seu espírito. Tinha que se mover adiante, mas não sabia aonde ir para encontrar forças.

Olhava para a caixa do *zhangda,* que jazia sobre a mesa em frente. Suspirava e se perguntava por que tudo aquilo havia ocorrido. Se encontrara com a vida para em seguida se ver fugindo dela. E fugira justamente para preservá-la. Um paradoxo. Em que momento no futuro as coisas iriam se encaixar, se é que iriam?

Em sua mão, tinha a chave que, semanas antes, um menino lhe havia dado num café em Amsterdã. Inscrito, um número: *13-B.* Havia um universo de significado naquele pequeno objeto, que lhe abrira portas para uma realidade que, antes, havia apenas vislumbrado de longe, envolta em névoa. Segurou-a com toda a força que tinha, até sua mão ficar dolorida. Assim ficou por um tempo.

Confie na vida, Antônio. Confie na vida. Parecia que a chave, ali escondida em sua mão, lhe dizia isso secretamente. E foi tudo o que conseguiu formular de positivo. Devia se entregar ao que havia em volta, seguir em frente, por mais difícil que fosse. *Seguir em frente, sem perguntas.* Tudo faria sentido mais adiante.

Guardou a chave no bolso. Faria com que ela o acompanhasse, sempre. As portas da vida teriam que se abrir à vista dela, como ocorrera antes. Nada estava perdido.

55 – SÃO PAULO, 2011

Uma mensagem de texto contendo apenas um endereço. Com o coração apertado, Fabiano observou atentamente a informação que lhe chegara sem aviso, vinda do telefone de Alice. Lembrou-se de que se tratava do local onde ficava o escritório de Antônio. Já havia visto a ficha do paciente diversas vezes.

Aquilo só poderia significar que era preciso ir até aquele lugar, imediatamente. Algo muito errado poderia ter ocorrido. Ou talvez Alice houvesse descoberto algo relacionado ao escritório que poderia auxiliar no tratamento.

Saiu rapidamente de casa e se dirigiu ao escritório. Era tarde e as ruas estavam quietas. Quietas demais, pensou.

No caminho, ligou para a clínica. O paciente estava estável. Não se tratava, aparentemente, de nada relacionado a ele.

Com tais pensamentos indo e voltando, chegou em frente ao escritório. O local estava em silêncio, as luzes apagadas. Soube, no mesmo instante, que Alice não poderia estar ali. Não, ela realmente parecia não estar ali. Fabiano percebeu, desde logo, que havia algum problema.

Chegou próximo à porta de entrada, e pôde ver que ela não estava trancada. Estava apenas encostada no batente. Não pensou em mais nada e, de maneira incauta, abriu-a. Procurou um interruptor e o achou, bem ao lado da entrada, na parte de dentro. Acendeu a luz.

Não havia ninguém. Chamou por Alice, ciente de que era em vão.

Virou-se para trás, de volta para a rua, instintivamente, para verificar se alguém o observava de fora.

Olhou então para baixo, e viu, próxima da soleira, no chão, uma pequena chave. Pegou-a e a examinou na luz. Havia uma inscrição, que parecia ser originalmente composta de três números ou letras. Apenas o número "3" era bem visível. Tentou encaixá-la na fechadura da porta de entrada, mas era evidente que não se tratava da chave correta.

Guardou o objeto no bolso da calça.

Precisava acionar a polícia.

56 – SÃO PAULO, 2011

A manhã veio calma, com uma brisa fria insistindo em penetrar pelos capuzes dos que se aventuravam logo cedo pelas ruas.

Fabiano olhava pela janela de seu quarto, com uma caneca de café nas mãos. De vez em quando olhava para o telefone, que insistia em permanecer em silêncio. Era hora de ir para a clínica, mas seria muito difícil levar o dia em frente. O coração estava pesado demais.

Havia reportado o desaparecimento à polícia, mas sabia que a notícia cairia num estéril labirinto burocrático. Fez apenas o que parecia ser correto naquele momento, mas teria que agir de alguma forma se quisesse respostas.

Saiu para o trabalho sem muita esperança, apenas com uma frágil expectativa de que seu próprio paciente, de alguma forma, poderia dar algum tipo de sinal acerca dos desdobramentos daquela situação. Afinal, ele certamente estava no centro daquilo tudo, e seu estado de saúde atual indicava que os segredos que guardava diziam respeito a algo que nada tinha de corriqueiro.

Ainda tinha consigo a chave que encontrara no chão, no escritório. Esse era um item que, conscientemente, sequer mencionara ao se reportar à polícia.

Resolveu se atrasar um pouco para chegar à clínica. Passaria pelo escritório de Antônio novamente.

Parou o carro a uma distância de duzentos metros da entrada. Caminhou cautelosamente até lá, para não despertar nenhuma atenção. Tinha certeza de que nenhuma investigação havia iniciado, mas poderia ser observado por quem quer que fosse o responsável pelo sumiço de Alice. Sabia que lidava com alguém extremamente astucioso.

A porta continuava trancada. Na noite anterior, Fabiano havia, ele próprio, providenciado um chaveiro para troca da fechadura principal. Se o local ficasse abandonado, seria questão de tempo, e pouco tempo, para que a casa fosse saqueada, possivelmente, inclusive, pelos próprios agentes do estado. Se fosse procurado a dar explicações, poderia se justificar, talvez na condição de médico do proprietário.

Entrou e imediatamente passou a pensar em como teriam sido os dias de trabalho de Alice naquele local. Andou vagarosamente pelo corredor e achou a escada que dava acesso ao andar superior do sobrado. Subiu lenta e cautelosamente.

Ali havia várias salas de trabalho, cada uma com uma ou duas escrivaninhas, prateleiras ou estantes, estações de trabalho.

Naquele momento lhe interessava a sala de Antônio. Era, evidentemente, a maior delas, no final do corredor. Havia um cômodo anexo, com um piano e alguns pôsteres com capas de álbuns de jazz.

Chamou a atenção, na parede próxima ao piano, bem sobre ele, um pôster com a foto de John Coltrane. O álbum era "Blue Train", de 1957. O olhar resoluto do músico, dirigido para baixo, parecia se dirigir ao próprio instrumento. Lembrou-se do tema da faixa título, simples, envolvente, forte e definitivo.

Sentou-se ao piano e abriu a tampa. Pressionou suavemente algumas teclas. A existência de um instrumento no local de trabalho indicava que o seu paciente costumava permanecer muitas horas no escritório, e que utilizava a música para esvaziar e abrir a mente e, possivelmente, ter novas ideias para enfrentar os desafios do dia a dia.

Sentou-se, depois, na cadeira de trabalho de Antônio. Dali, olhou em volta e procurou se colocar em seu lugar. Já que estava ali, resolveu abrir as gavetas. Sentiu-se um bisbilhoteiro, mas a situação exigia a adoção de ações mais drásticas.

Havia poucos papeis e restos de anotações, que não lhe pareceram muito importantes.

Na segunda gaveta, achou um exemplar de "A República",

de Platão. O livro tinha uma página marcada com um pedaço de papel dobrado. A página correspondia ao início do Livro VII. Parte do texto estava grifada. O autor falava de uma alegoria, de homens vivendo numa prisão subterrânea, uma caverna, que para eles era a única realidade existente. Fabiano conhecia o mito. O diálogo era enfatizado pelos grifos de Antônio no seguinte trecho:

"Para começar, achas mesmo que, em semelhante situação, poderiam ver deles próprios e dos vizinhos alguma coisa além da sombra projetada pelo fogo, na parede da caverna que lhes fica em frente?

Como eles poderiam ver qualquer outra coisa se eles foram impedidos de mover suas cabeças por toda a vida?

Então, se eles pudessem falar um com o outro, eles não presumiriam que as sombras que viram eram as coisas reais?"

Virando a página, algumas frases escritas à mão no papel em branco do verso, com caneta preta. A letra só poderia ser de Antônio, que provavelmente escrevera aquilo inspirado pela leitura do livro:

Estou aprendendo a olhar de cima as ilusões.
A ilusão de que somos separados.
A ilusão da superioridade de uns sobre os outros.
A ilusão de que podemos ter algo além de nossa própria essência.
A ilusão de que podemos ter controle sobre o destino e a natureza.
A ilusão de que há o passar do tempo.
A ilusão de que há matéria sem espírito e de que há espírito sem matéria.
A ilusão de que há o bem e o mal.
E, depois de olhá-las de cima,
O próximo passo será enxergá-las de dentro.

Era o único trecho em todo o livro contendo trechos grifados e anotações escritas. Pegou do bolso aquela velha chave que achara no chão. Olhou novamente para ela em sua palma direita.

Sentiu que poderia haver alguma relação entre o que aquela chave guardara um dia, ou ainda guardava, aquelas antigas palavras grifadas e os versos escritos por Antônio.

57 – SÃO PAULO, 2011

O atraso para chegar na clínica naquela manhã acabou trazendo uma surpresa a Fabiano. Ao chegar no quarto de Antônio, deparou com uma figura um tanto estranha, mas marcante. Um homem de idade, esguio, alto, de rosto enigmático, estava sentado ao lado do paciente, em silêncio. Na mão direita, de dedos longos e finos, segurava uma bengala de madeira escura e reluzente, que parecia um objeto antigo e refinado. A pela fina e clara permitia que se vissem claramente as veias do sujeito, que abria e fechava a mão sobre a manopla da bengala. Um sinal claro de ansiedade mal disfarçada, pensou o médico.

— Bom dia, *doctorr.*

O homem era estrangeiro. Tinha um sorriso amarelo e antipático. O nariz longo e afilado lhe dava um jeito de ave, e de rapina, na impressão de Fabiano. Já os óculos de armação redonda, a meio caminho no nariz, lhe davam um ar de distanciamento. Fabiano se deteve entre a porta do quarto e o leito.

Antônio permanecia imóvel e, naquele momento, tinha os olhos cerrados. Parecia totalmente indiferente àquela cena.

— Pois não. O senhor é parente do paciente?

— Ah, um velho amigo e cliente do escritório. Um admirador da grande capacidade do seu paciente. Um profissional único, capaz de um raciocínio lógico que beira a magia. Não o conheceu antes, conheceu?

O sorriso do estrangeiro parecia deixar claro que fazia perguntas cuja resposta já sabia, apenas para provocar seu interlocutor e fazê-lo crer que sua presença ali, naquela manhã, mesmo sem nunca ter aparecido antes, era essencial.

— Brunswichk, a seu dispor. — Estendeu o longo braço e aproximou a mão direita de Fabiano, mostrando algumas unhas longas, mas bem cuidadas, um traço ainda mais excêntrico naquela figura já tão peculiar.

— Fabiano, médico psiquiatra.

— Ah, sim, com especialização na América, pelo que eu soube.

— Então, conhece bem o paciente? Nunca havia visto o senhor no horário de visitas...

— Estava fora do país. Assim que soube da internação de meu velho amigo, procurei organizar meus afazeres para lhe fazer uma visita. E aqui estou. Esperava pelo *doctorr* há algumas horas.

Fabiano sentiu algo de insinuação naquela frase, como se o visitante quisesse tirar alguma informação da resposta que viria. Pareceu-lhe que o velho queria colocá-lo contra a parede por conta de seu atraso, e, assim, extrair algo dele em sua justificativa. Desconfiado, desconversou.

— Tive alguns problemas pessoais pela manhã. Mas em que posso ajudá-lo?

— *Doctorr*, eu é que lhe faço tal pergunta! Estou aqui à sua inteira disposição. Sei que *nosso,* — enfatizou de forma um tanto forçada essa palavra, como se quisesse que criasse raízes na memória do médico, — paciente não conta com outros amigos ou familiares, portanto pretendo auxiliá-lo como alguém próximo, que o conhece há muito tempo.

— Bem, o paciente tem um filho e uma associada...

Sentiu um peso enorme ao se referir a Alice. Onde estaria ela? Estaria viva? Seu coração se acelerou e, ao mesmo tempo, pareceu se estilhaçar em milhões de pedaços.

— Ah, sim... — Respondeu o estrangeiro, com um sorriso repleto de astúcia, que se mostrou indisfarçável a Fabiano. — Não conte com aqueles dois. Revelo tudo que sei, se quiser.

Já decidido a não acreditar em seu interlocutor, o médico silenciou, olhando-o nos olhos firmemente.

Percebeu, no entanto, que a firmeza de olhar não seria suficiente para transpor o vale transbordante de cinismo que havia entre sua capacidade de compreensão e aquela estranha figura.

Brunswichk, resoluto e indiferente ao silêncio de Fabiano,

prosseguiu:

— Que desgosto a meu velho amigo. Certamente não lhe ajudou descobrir o que ocorreu. Talvez tenha sido a razão de seu atual estado.

O médico, cada vez mais desconfiado, manteve o silêncio e sequer se sentou. Tal silêncio, no entanto, inevitavelmente se mostrava como um convite para que o estrangeiro continuasse a falar.

— Ah, Nélson, um *junge* inteligente, sim, mas disperso, sonhador. Um pouco mimado, talvez. Alice, tão talentosa, ambiciosa, de uma beleza ímpar. Todos os ingredientes para um problema aos negócios.

Fabiano, ainda em silêncio, pareceu indisfarçavelmente, naquele momento, interessado na narrativa. O estrangeiro puxou um pouco mais o anzol.

— Envolveram-se, como evitar, não é? Assim é o mundo, nos negócios inclusive. Não contavam com a doença de meu velho amigo. Sabe-se lá o que estão a fazer no momento.

Fabiano quis se sentar, mas evitou tal atitude. Poderia demonstrar fraqueza e talvez uma submissão a um eventual estratagema de Brunswichk.

Manteve-se em pé, em silêncio, por alguns segundos, a formular uma resposta. Enquanto isso, sentiu o estampido de uma explosão de dúvida em sua cabeça.

Nesse instante, Dr. José Augusto, um dos donos da clínica, entrou no quarto, sem avisar, aproximando-se por trás de Fabiano. Tocou seu ombro e falou, alto e amistosamente.

— Vejo que já conheceu o Sr...., desculpe-me, esqueci-me de seu nome...

Brunswichk pareceu não se importar em repetir sua alcunha, mas fez questão de deixar claro que se lembrava da do médico, com um ar de superioridade.

— Sim, *doctorr* Augusto! Já nos conhecemos e adiantei a *herr* Fabiano que conheço detalhes da vida de meu velho amigo!

Ainda aturdido, Fabiano limitou-se a assentir com a cabeça, discretamente, tentando esboçar algo parecido com um sorriso, ao ser informado que o visitante estaria, de agora em diante, todos os dias ali, por algumas horas, para acompanhar a evolução do paciente.

58

O chão está molhado. Na calçada, bem em frente, uma poça reflete a luz amarela vinda do poste acima. Não é apenas ele que parece solitário, mas tudo em volta.

O caminhante se posiciona sobre a água, procurando ver seu próprio rosto. Já não sabe mais quem é ou onde está. Sabe que procura algo, e que há pessoas importantes para ele com as quais se deparou nos últimos tempos. A luz no centro da lâmina de água impede que veja a si próprio. Chega a duvidar que está realmente ali.

Olha para seu entorno. A rua está totalmente vazia. O silêncio é completo. Os prédios em volta parecem todos tingidos de um marrom argiloso, com as janelas apagadas, os vidros opacos. Parece-lhe que pode fazer ou mesmo gritar o que quiser naquele momento.

Ao invés disso, prefere se voltar novamente para o espelho d´água, tentar desviar o olhar e evitar a escuridão com que se defronta, ver seus próprios olhos ou ao menos sua silhueta.

Com esse objetivo, abaixa-se e fica mais próximo da água.

Após alguns instantes, de repente, a mesma cena que já vira antes. Uma sala, um piano, iluminados levemente pela luz amarelada do poste, lá no fundo, em meio à sombra.

Estaria sonhando e consciente de estar num sonho? Seria isso mesmo possível?

Estende a mão e, com o dedo indicador, toca a superfície da água. Pequenos círculos concêntricos se formam em volta, sobre a imagem familiar que havia aparecido. Conta-os todos, em uma fração de segundo, sem nenhuma dificuldade.

Afunda mais o dedo e chega ao chão. Não há nada ali. Levanta-se e pisa na poça, espalhando a água para os lados.

Surpreso, vê, largada no chão, antes submersa na poça,

uma chave, em cujo corpo estão gravados dois números e uma letra: "B-31". Guarda a chave no bolso da calça e continua a andar, na direção do breu.

59 – SÃO PAULO, 2011

— O passar do tempo é um mistério. Uns acham que é como um rio, que corre sem parar e sem voltar. Esse é um dos lugares comuns que mais ouvi em toda a minha vida. Mas é uma imagem muito forte.

Antônio estava sentado no sofá do escritório, com as costas apoiadas, os pés sobre a mesinha de centro. Olhava para cima, relaxado. Ainda trazia no colarinho a gravata que usara na reunião da tarde, mas um tanto afrouxada.

Alice estava sentada no braço do mesmo sofá e olhava para o chefe, enquanto também procurava relaxar os músculos após um dia cheio. Ela começara a conversa, dizendo que tinha a sensação de que o tempo estava passando muito rápido naquele ano.

— O fato é que essa questão, se levada a fundo, pode chegar a um questionamento acerca da própria existência do livre arbítrio.

Virou o canto da vista para Alice, para checar se ela ainda o ouvia. Os grandes olhos castanhos da moça estavam com ele.

— Imagine se tudo já está certo, formado, se cada instante no tempo for como uma lâmina, sendo todas elas posicionadas em sequência. "Atravessar o tempo" não seria uma expressão muito exata se pensarmos assim. E, assim sendo, tudo o que fazemos, pensamos e mesmo o que decidimos já está cravado na eternidade. Achamos que temos escolha, mas não temos. Estamos apenas seguindo rumo ao infinito, pelo tempo limitado que nos resta. É a nossa consciência, ou nossa pretensa inteligência, que nos causa o espanto diante dessa possibilidade. Não fomos feitos, biologicamente, para perceber com clareza, usando os sentidos, como as coisas funcionam no universo, e isso se dá de uma maneira que é muito contraintuitiva para nós.

Alice se lembrou dessa conversa ao tentar compreender há quanto tempo estava ali, no escuro, trancada no que parecia ser um quarto ou uma sala. Tinha dificuldade para se mexer, mas estava consciente. Ao tentar levantar a mão direita para levá-la à testa, pareceu-lhe que seu braço era um tanto disforme, lembrando o formato de um balão. Estava pesado, parecia cheio de ar e difícil de mover. Largou-o novamente e sentiu o chão frio com um dos dedos. Percebeu, portanto, que estava próxima do piso, num colchão. Aos poucos, começou a sentir um cheiro de mofo e umidade.

Procurou evitar qualquer sensação de desespero, por mais que isso se mostrasse difícil naquele momento. Aos poucos seus olhos se acostumariam com o escuro e conseguiria se mover.

Sabia quem a havia sequestrado e trancado naquele lugar. Intuiu que Nélson poderia também estar nessa situação, próximo dali.

Preocupou-se com Fabiano. Até que ponto ele seria envolvido nessa situação? Era inevitável, pensou. E ele não teria ajuda, certamente. A não ser que Antônio melhorasse de repente e retomasse a consciência. Apenas ele poderia esclarecer a razão de tudo aquilo.

Ficou por mais um tempo naquela posição, imóvel. Teve medo de se mexer ou de gritar por ajuda. Precisava pensar, ouvir atentamente quaisquer ruídos que conseguissem chegar até ali. Concentrar-se. Tentar se colocar no lugar de seu algoz. Imaginar o que faria em seguida, mesmo sem saber o porquê de tudo aquilo.

Procurou se lembrar do comportamento de Brunswichk durante o tempo em que ele frequentara o escritório. De sua aproximação a Nélson. O que ele queria, afinal?

Talvez ter livre acesso às salas do sobrado, procurar por algo. Um documento, quem sabe. Certamente não havia conseguido o que queria, fosse o que fosse. Caso contrário não estaria tomando atitudes drásticas, como sequestrar pessoas. Provavelmente Nélson também não sabia do que se tratava, já que, se soubesse, não teria tido o comportamento que teve nos dias anteriores.

Arrebatar a ambos, fazê-los desaparecer – as duas pessoas mais próximas a Antônio – teria que consequências?

Repentinamente, veio-lhe à cabeça uma possível conclusão: seria muito mais fácil para Brunswichk aproximar-se de Antônio, frequentar a clínica sem nenhuma oposição, agora que ela e Nélson haviam desaparecido. Mas qual seria a vantagem dessa aproximação, se Antônio se encontrava incomunicável?

Concluiu que Brunswichk, além de ainda não ter o que queria, estava apostando suas fichas numa remota possibilidade de Antônio, de algum modo, dar-lhe pistas que pudessem ajudá-lo a achar e tomar posse daquilo que procurava.

O estrangeiro era uma pessoa inteligente, sem dúvida. Devia ter planejado cada passo. O segredo de Antônio, de outro lado, consistia em algo valiosíssimo, e apenas com sua participação havia possibilidade de se chegar a ele.

A doença de Antônio havia atrapalhado os planos de Brunswichk, pensou Alice.

A seguir, um outro pensamento lhe veio à cabeça: talvez esse não fosse o melhor momento, afinal, para Antônio se recuperar. Como ficaria ao saber do desaparecimento dela e de Nélson? Ele não demoraria muito, depois de despertar, para perceber que algo de errado estava acontecendo.

Passou a temer mais por Antônio do que por sua própria integridade. Sabia que era mais importante para os planos de Brunswichk se fosse mantida viva, aos menos por enquanto. Assim também Nélson, a não ser que ele soubesse de algo e o revelasse a seu algoz, tornando-se dispensável.

Precisava pensar. Estabelecer o que faria, de forma muito cautelosa. Comunicar-se com Nélson, se possível. E, nesse meio tempo, esperar que Fabiano se mantivesse seguro, e que, além de médico, fosse um excelente estrategista.

Sua primeira decisão foi não perder a noção do passar dos dias. Pensou um pouco a respeito, e concluiu que, se o interesse, por ora, era mantê-la viva, poderia fazer isso controlando o número de refeições que possivelmente receberia no cativeiro. Deveriam ser duas ou três rações por dia, imaginou. Manteve-se resoluta. Não podia desistir. Deixou as lágrimas correrem por seu rosto, de nada adiantava segurar o choro naquele momento. Apertou os olhos, evitando esfregá-los com as mãos.

60 – SÃO PAULO, 1972

O que fazer com o *zhangda*? Alguns meses haviam passado, e Antônio o havia mantido escondido desde que chegara de volta.

O objeto guardava em si tantas possibilidades de uso, que seria um desperdício mantê-lo guardado. Mas o que ocorreria se o agressor que mal encontrara na Europa, e que quase tirara a vida de Maya, descobrisse que ele se encontrava em seu poder?

Qual a utilidade ou o valor que a peça tinha para o assassino? Poder, dinheiro, fama? Certamente ele buscava tudo isso. Mas ele saberia utilizá-lo?

A relação entre o objeto e seus portadores – os poucos de que Antônio ouvira falar, além dele próprio – era um tanto obscura, até mágica, poderia se dizer.

Perguntou-se como aquela pessoa misteriosa e violenta teria travado conhecimento com a própria existência daquele instrumento antigo.

Talvez ele se estimulasse pela própria antiguidade do objeto. Poderia ser um maníaco, um louco, ou alguém obcecado. Se assim fosse, Maya e o próprio Antônio jamais estariam seguros.

Resolveu esperar, até que o monstro mostrasse sua face ou até que soubesse não representar ele mais nenhum perigo. Com o tempo, talvez isso ocorresse. Concluiu, ainda, que muito dificilmente seria descoberto, na América do Sul, como o atual portador do *zhangda*.

Manter o objeto em segredo, portanto, no momento, parecia a melhor possibilidade, pela segurança de Maya. Não haveria motivo – assim Antônio esperava – para o assassino se ocupar novamente dela. Ele não gostaria de arriscar a se expor sabendo, como ele certamente saberia, que o objeto não estava mais com ela

Algo lhe dizia, no entanto, que o colecionador – passou a se referir assim a ele em pensamento – não desistiria de procurar.

Todo cuidado era pouco. Deveria se manter discreto, trabalhar e interagir com todos de maneira cautelosa. Se assim fizesse, jamais seria descoberto. Saber que Maya estava segura ajudaria a curar as feridas. A posse do instrumento o auxiliaria, de outro lado, a manter o equilíbrio e a sanidade. Deveria utilizá-lo, com muita cautela, para manter-se alerta e em contato com a realidade. Sua situação, agora, era diferente de antes. Estava fragilizado e temeroso. Essa insegurança poderia fazer emergir a condição de saúde que enfrentara na infância, o que colocaria tudo a perder.

Usaria o *zhangda,* aprimorando essa utilização, em seu próprio benefício e, na medida do possível, de outras pessoas. Um dia, quem sabe, no futuro, seria possível mostrá-lo abertamente ao mundo.

Decidiu-se, enfim, pela cautela, pelo temor e, também, pela esperança.

61 – SÃO PAULO, 2011

Fabiano foi à delegacia de polícia naquela mesma tarde. Soube que o caso havia sido enviado a uma divisão antissequestros. Isso trouxe a ele um certo alento, mas sem muita esperança. Não confiava muito nos agentes do Estado.

Deram-lhe o nome do delegado responsável, bem como um endereço, na região central, e um telefone.

Achou que deveria entrar em contato, por mais que tivesse dúvidas quanto à efetividade disso, mesmo porque não havia ninguém, ao menos ao que soubesse, com quem os criminosos poderiam fazer contato, dado o estado de saúde de Antônio.

O que dizer à polícia sobre Brunswichk? Nada, por ora, concluiu. Estava desconfiado do estrangeiro, mas nada sabia de concreto sobre suas intenções. Tentaria, de outro lado, obter alguma informação sobre a família de Alice, que talvez já tivesse sido contatada pela delegacia.

Além disso, manteria consigo, ao menos por ora, a chave que encontrara no chão, na entrada do sobrado. Sabia que se a entregasse às autoridades, ela se perderia na burocracia oficial, e não seria mais possível utilizá-la de alguma forma.

Pensava em usá-la, mas precisava planejar antes o que fazer, pois um passo equivocado poderia lhe custar a própria carreira.

O delegado se chamava Artur Rosso. Sobrenome italiano, ancestralidade tão comum na imensa metrópole sul-americana. Era novo, mais ou menos da idade de Fabiano. Era calvo e usava cavanhaque, já um pouco grisalho. Tinha a pele mulata e olhos bem vivos. Transparecia ter uma personalidade resoluta, mas era natural perceber que trabalhava com dificuldades. Sua mesa estava repleta de papeis, havia copos plásticos d´água espalhados uns sobre os outros, alguns documentos aparentemente perdidos em meio a formulários policiais não totalmente preenchidos.

A sala era pequena, e as paredes, outrora brancas, pediam uma nova pintura. Fabiano sentou-se numa das duas cadeiras em frente à escrivaninha do policial, percebendo que uma era diferente da outra.

— Disse que ela entrou em contato antes de sumir? Já a conhecia?

— Isso mesmo. Ela é economista, administradora, trabalha no escritório do meu paciente, Antônio. Nos tornamos próximos nos últimos dias.

— E o filho?

— Não costumava visitar muito o pai. Ela o visitava mais. Assumi o caso há pouco tempo, relativamente, mas pelo que sei ela é a pessoa mais próxima dele.

— Será que os dois não sumiram juntos de propósito? Me entende, não?

Fabiano lembrou-se das insinuações de Brunswichk.

— Não acredito nisso, doutor Artur.

— Acha que a conhece o suficiente para não acreditar? Porque o fato de eles terem desaparecido juntos, para mim, é importante.

— Sim... mas pode haver alguma outra razão...

O delegado levou a mão esquerda ao queixo e suspirou. Pareceu pouco convencido, mas, ao mesmo tempo, deu a entender que não descartaria a tese um tanto vaga do médico.

— Pode sim. Tudo pode acontecer. Vamos até a casa, o escritório. Dar uma olhada na casa dela, na do filho. O problema é que meus tiras estão com muito serviço pendente. Está difícil.

Fabiano se convenceu, ainda mais, de que deveria manter em segredo o encontro da chave. A polícia nada faria de útil com ela. Despediu-se do delegado em seguida.

62 – SÃO PAULO, 2011

O delegado Rosso lia na internet sobre Antônio. Aquele sujeito despertara sua curiosidade após os sequestros que investigava. Havia intuído uma necessidade de conhecer um pouco mais sobre aquele guru dos negócios, de que já havia ouvido antes, por meio de notícias em jornais e revistas.

Antônio era considerado por seus pares no mundo corporativo como uma espécie de gênio. Sempre se portara, no entanto, com extrema discrição, tendo o costume de recusar clientes. Mantinha um escritório pequeno e parecia não ter a intenção de expandir sua consultoria além daquele tamanho. Trabalhava com uma equipe reduzida e de sua absoluta confiança.

Essa equipe, pelo que pesquisou, era composta, além de outras figuras mais secundárias, por Alice Nogueira, economista dada como um prodígio – muito em razão da confiança nela depositada pelo próprio Antônio – e pelo filho dele, que, pelo que se compreendia dos textos, cuidava de questões jurídicas. Ambos haviam desaparecido. A notícia do desaparecimento fora dada pelo médico do velho empresário, que atualmente se encontrava em estado quase vegetativo. A situação já perdurava por vários meses.

Fabiano reportara o sumiço de Alice declarando estar desconfiado de sequestro. Mencionou uma mensagem em seu telefone, que o deixara preocupado. Declarou que conhecia a moça há pouco tempo, em razão da relação dela com seu paciente, e que se haviam aproximado.

A ideia inicial do policial era de que Alice e Nélson, provavelmente envolvidos um com o outro, haviam resolvido se afastar de tudo sem darem notícias.

Essa tese, no entanto, se enfraquecia diante de relatos, que agora lia, sobre a absoluta fidelidade e proximidade entre Antônio e sua jovem economista. Ela era tida como uma filha por ele, e o sentimento era recíproco. Simplesmente não fazia sentido, embora se tratasse de uma conclusão mais simples e direta – que dispensaria o dispêndio de mais energia em investigações sobre o caso – que ela e o próprio filho tivessem se decidido por desaparecer, abandonando o doente à sua própria mercê, em total desamparo.

Fabiano, um jovem médico bem-conceituado, sobre o qual não recaía nenhuma suspeita, acreditava em sequestro, e com essa notícia havia procurado a polícia.

Rosso tentara contatar a família de Alice, sem sucesso, contudo.

Duvidava que ela estivesse com os familiares, pois eles viviam muito longe, no interior do Estado, e ela os visitava em épocas fixas a cada ano, pelo que soube de outros funcionários do escritório, que pouco ou nada haviam esclarecido além disso.

Teve a impressão de que o negócio se encontrava um tanto desorganizado após a gerência recair nas mãos do filho do proprietário. Sobre ele, havia conseguido ainda menos informações. Sua mãe, uma pessoa de difícil trato, pareceu não se importar muito com o ocorrido, pois quando procurada mostrou certa indiferença com relação não apenas ao filho, mas também ao ex-marido.

Já muito depois do final de seu plantão, como era seu costume, o delegado deixou o distrito, levando, no bolso, esse quebra-cabeça, que, por algum motivo, o instigava. Talvez em razão dos encantos da moça desaparecida, pelo que traduziam as poucas fotografias dela que encontrara. Mas deixou esse pensamento de lado, procurando encarar o caso sob um enfoque puramente profissional.

Não havia nenhum fio a puxar naquele momento, no entanto. Assim, no caminho de casa, procurou esquecer um pouco o trabalho. Estava cansado, faminto e um tanto indisposto.

Parou num mercado para comprar algo para comer.

Enquanto olhava as prateleiras, indeciso, seu telefone tocou. Pensou em não atender, esperando que o aparelho parasse de soar. Reconheceu, no entanto, o prefixo. O telefonema vinha de outra delegacia. Finalmente, com um tanto de má vontade, atendeu.

Era um colega especializado em homicídios. Disse que tinha um fato interessante a compartilhar, pois havia ouvido que Artur investigava o sumiço de Alice e Nélson.

— Encontramos o corpo de um sujeito outro dia, um estrangeiro, já idoso, num quarto de hotel. Levaram o passaporte dele, mas achamos, no chão, um papel com uns endereços anotados. Fomos checar.

Rosso esqueceu da fome e do sono. Virou-se de costas para a gôndola e se encaminhou para a saída, para ganhar a rua. Permaneceu em silêncio, com o aparelho celular ao ouvido, e o outro policial prosseguiu.

— É o que você imaginou, Artur. O endereço do escritório do Antônio Prado, o do filho dele, e também o endereço daquela menina, a economista que trabalha com ele.

— Já tem alguém para interrogar?

— Não, por enquanto não. Demoramos para chamar a tal de Alice. Agora não dá mais, pelo menos por enquanto. Se é que está viva. Já entramos em contato com a Interpol, para saber o que a vítima fazia por aqui. Estava no país há poucos dias. O hotel estava reservado para uma semana, apenas. Ele esteve aqui antes recentemente, também, há uns meses atrás.

— E as câmeras do hotel?

— Ah, apagaram tudo. Duro trabalhar assim. É como sempre. Ninguém sabe de nada, ninguém viu nada.

— Ele estava viajando sozinho?

— Sozinho.

Ajustaram trocar informações. Mas Rosso não iria esperar mais. Precisava começar por algum lugar. Escolheu a clínica. Fabiano, ainda que pouco soubesse, já estaria lá, além do paciente, que era a chave para elucidar não apenas os dois desaparecimentos, mas também, agora, um homicídio. Seria bom se ele acordasse de repente, mas evidentemente não era possível contar com isso.

Sabia, agora, que o médico estava certo. Havia mais naquele caso do que as aparências indicavam.

63

O menino sonha. Está sentado numa mata à beira de um lago. Nada se move. A água está plácida e reflete o amarelo da tarde que começa a cair.

Levanta-se e se olha na superfície. Sabe que, do outro lado, está uma amizade verdadeira. É preciso estender a mão para ela.

Alonga o braço e o move em direção à água. Quer ver o que há do outro lado, reconhecer e saudar o calor fraterno e sincero que ainda se encontra imerso, perdido, difuso. Alguém em quem confiar, que ainda irá conhecer no futuro distante.

Aos poucos um rosto começa a se formar. É feminino. E belo. Esboça um sorriso. Os olhos são grandes, iluminados e inteligentes.

Quanto mais próxima sua mão está da água, o menino percebe que envelhece. Não é mais uma criança. Vê-se controlando a mão de um adulto. Apressa-se. Mas não há tempo.

O caminhante desperta, com um nome na cabeça e na ponta da língua. Um nome de que já se havia lembrado recentemente. Alguém que precisa dele.

Alice.

64 – SÃO PAULO, 2011

— Ele está muito agitado hoje, desde cedo.

A enfermeira falava com Brunswichk, referindo-se a Antônio. Depois de alguns dias muito quieto, ele se revirava vigorosamente, abria os olhos, balbuciava sílabas desconexas.

O visitante estava em pé ao lado do leito.

Observava o paciente atentamente. Procurava encontrar algum padrão. Memorizava o que Antônio dizia. Qualquer detalhe era interessante para ele naquele momento. Dali a alguns dias, poderia ter mais liberdade para concretizar seu intento. Ter liberdade para ingressar na clínica em outros horários, experimentar colocar o *zhangda* nas mãos de Antônio, filmar o resultado e, enfim, terminar com aquilo de uma vez.

Fabiano chegou no quarto. Sussurrou um arremedo de "bom dia" ao estrangeiro, deixando claro que sua presença não era bem-vinda. Sabia que sua atitude, no entanto, pouco importava para o visitante, que certamente prosseguiria com seu comportamento afetado e ambíguo.

— Nosso paciente está muito agitado hoje, *doctorr!*

— Já sei disso. Já receitei algo. Estão trazendo.

— Ah, não seria melhor observar suas reações um pouco? Quem sabe ele não evolui?

— Pode ser perigoso para ele. Já ocorreu antes.

— Ah, sim? O mesmo padrão de movimentos e falas?

— Por que pergunta?

— Apenas para saber mais sobre o estado de meu caro amigo. Apenas para ajudar, é claro. Quando foi a última vez?

— Não há um padrão nos intervalos entre comportamento calmo e agitado. Não consegui encontrar nenhuma relação. O estado dele é um desafio. Nunca vi literatura médica que se encaixe ou descreva essa situação com um mínimo de precisão.

— Uma figura peculiar, em qualquer estado em que se encontre. Isso é um fato.

Uma enfermeira apareceu sob o batente.

— Doutor Fabiano, um senhor está lá embaixo. Quer falar com o senhor. É da polícia.

— Já vou, obrigado.

O interesse de Brunswichk despertou de forma indisfarçável.

— Ah, as autoridades o procuram, *doctorr.* Posso ajudá-lo em algo?

— Não, obrigado.

Brunswichk queria saber o que conversariam, mas por ora pretendia se manter distante da polícia, por cautela.

Fabiano percebeu uma mudança no semblante do estrangeiro, que lhe chamou a atenção. Viu surgir uma oportunidade de, no mínimo, provocar alguma reação naquele homem que não tivesse sido previamente planejada e ensaiada.

— Pensando melhor, vou pedir ao senhor que me acompanhe até lá embaixo. Vamos?

Brunswichk não teve opção naquele momento e, aos olhos de Fabiano, não conseguiu disfarçar contrariedade à proposta de se defrontar, naquele momento, com um delegado de polícia.

É claro que o estrangeiro se recompôs rapidamente, mas, aos olhos do médico, pareceu claro que, de modo velado, demonstrou uma fragilidade que ainda não tinha deixado aflorar. Fabiano concluiu rapidamente que, de fato, como suspeitara, aquele homem tinha um segredo, bem como segundas intenções. Restava saber o que escondia e o que pretendia.

*****

Rosso esperava sentando em uma banqueta no andar de baixo.

Olhava para o jardim de inverno que havia ali. Um ruído constante de água corrente e alguma vegetação compunham o cenário, e o delegado estava sentado de costas para o interior da clínica. Estava com o lado esquerdo do corpo encostado na parede, bem como a cabeça. Ao olhá-lo por trás, Fabiano teve a impressão de ver um homem cansado, mas resoluto, pois mantinha o pescoço ereto, como que a resistir à fadiga.

— Doutor Artur, bom dia.

O delegado se virou e levantou-se, rapidamente.

— Como vai? Obrigado por me atender.

— Sem problemas. Ansioso por alguma notícia.

— Somos dois, na verdade. — Artur virou seu olhar para Brunswichk, de forma claramente interrogativa.

— Ah, este aqui é o senhor Brunswichk. Um velho amigo de meu paciente. Em razão disso, achei que poderia ser interessante colocá-los em contato.

— Muito prazer. Sim, qualquer detalhe pode ser interessante. O senhor o conhece há muito tempo?

Brunswichk olhou rapidamente para baixo – o que não passou despercebido a Fabiano, ou mesmo a Artur –, mas se recompôs rapidamente.

— Há muito tempo, assim como conheço o filho e os associados do paciente.

Pareceu enfatizar a última informação, como que a querer fazer uma provocação a Fabiano. O médico sentiu o golpe, mas procurou manter o mesmo semblante. O que Brunswichk realmente sabia? Ou será que se tratava de alguém muito talentoso na arte do blefe? Fabiano sentiu claramente que precisava se concentrar e ser mais esperto que o estrangeiro, por mais árdua que tal tarefa se mostrasse.

O delegado insistiu:

— Quando os encontrou pela última vez?

Brunswichk titubeou. O momento de sua entrada no país poderia ser facilmente descoberto pela polícia. E havia chegado antes da doença de Antônio eclodir, ao contrário do que havia dito a Fabiano e aos demais médicos.

Fabiano notou o impasse criado pela pergunta do policial e se adiantou.

— Acredito que não houve tempo para isso, certo? O Sr.

Brunswichk chegou há poucos dias, creio. — Finalizou, virando-se para o delegado.

— Quando o senhor chegou ao país?

Brunswichk percebeu que o médico procurava fazê-lo cair em contradição. Precisava pensar rápido. Tentou ganhar algum tempo.

— O senhor delegado quer saber a data exata?

— Bem, sim, poderia ser a data que consta de seu passaporte. Foi apenas uma pergunta. Coisa de policial, desculpe-me.

— Ah, bem sei que o senhor está cumprindo seu dever, assim como nosso querido médico aqui, sempre querendo nos ajudar.

Fabiano sentiu algumas dezenas de lâminas afiadas vindas da fala do estrangeiro, bem em sua direção.

— Tão jovem e já com tantas responsabilidades. Investigar fatos muito graves, num país como este. Deve ser um grande peso.

Fabiano, perplexo, percebeu o que Brunswichk fazia, e, naquele momento, sentiu-se incapaz de desarmar sua estratégia.

Rosso parecia querer continuar naquela trilha, e Fabiano se perguntou se o delegado havia sido ludibriado pelo estrangeiro ou se, ao contrário, apenas fingia ter entrado em seu jogo.

— Devemos cumprir o dever. Fatos assim, por sua gravidade, apenas me estimulam a continuar trabalhando.

— Ah, muito bem, muito bem. Eu, na minha idade, fico feliz em presenciar a dedicação de jovens como vocês.

— Bem, o fato é que temos também um homicídio relacionado a estes desaparecimentos.

Essa informação foi uma novidade também para Fabiano, que sentiu um imediato tremor, da cabeça aos pés, temendo por Alice.

Nesse instante, uma enfermeira surgiu pelo corredor, num passo apertado, chamando pelo médico.

— Doutor Fabiano! Precisamos do senhor, na sala do Sr. Antônio! Por favor!

Brunswichk sorriu por dentro.

Rosso notou. Voltaria ao assunto e ao estrangeiro em breve. Mas, no momento, iria buscar outra informação, junto ao departamento de imigração.

65

O colecionador calcula. Os passos do policial demonstram que ele desconfia de algo.

Mas a verdade não importa, e, sim, ter domínio sobre os desdobramentos dos fatos que virão. Não é possível titubear.

O local do cativeiro é seguro, insuspeito.

No entanto, agora ele percebe que parte de seus passos foi mal calculada. Há quem desconfie de seus propósitos declarados. Não contava com alguns detalhes que tornaram imperfeito um estratagema que funcionaria de forma rápida e totalmente eficiente.

Não fosse assim, já estaria prestes a se encaminhar para longe, tendo obtido todas as informações de que precisava.

Pensa, no entanto, que pode obter um meio de utilizar os imprevistos em seu favor.

Para isso, porém, terá que eliminar, primeiramente, um fator que irá causar um grande empecilho a seus planos.

Ele olha para a caixa do *zhangda*. Respira fundo e fecha os olhos. Reclina a cabeça, procurando relaxar e manter a frieza, pois ela será essencial para que seus planos vinguem.

Fosse possível operar o instrumento como seus antigos portadores, teria condições de alterar alguns detalhes da própria realidade. Assim crê pelo menos, diante de fatos que já presenciou, ainda que de forma indireta, e de outros que soube por meio de relatos.

Tenta se recordar de histórias que ouviu há décadas, quando ainda acreditava que o objeto consistia, meramente, em uma lenda.

Levanta-se, segura a caixa e concentra-se. As ideias virão.

Conclui que o caminho está justamente em voltar até o local onde se encontra o último portador de seu precioso objeto.

66 – SÃO PAULO, 2011

Brunswichk esperou, pacientemente, a saída do carro de Fabiano da clínica. Posicionou-se do outro lado da rua, dentro de um táxi. O taxista parecia bastante satisfeito com a corrida, ao perguntar se ainda demoraria muito para que a iniciassem. Perguntou, já pela segunda ou terceira vez, se o seu estranho passageiro realmente sabia que já estava sendo cobrado.

O estrangeiro não gostava de ficar parado em um mesmo lugar por muito tempo, particularmente após o ocorrido no metrô, mas não havia escolha naquele momento.

Permaneceu concentrado no portão de entrada e, ao mesmo tempo, em tudo o que ocorria em seu redor. A desconfiança demonstrada pelo médico em relação à sua atitude, desde o começo, demonstrava haver necessidade de conhecer seu comportamento e, na medida do possível, sua personalidade. Deveria haver algo possível de se usar num momento de necessidade, algo que poderia, em certa medida, desmerecer alguma narrativa ou afirmação do psiquiatra, particularmente diante do policial.

Isso poderia, ainda, abrir as portas para sua total aproximação dos demais membros do corpo clínico, e, é claro, de Antônio, o que permitira que completasse seu intento.

Finalmente, por volta das sete da noite, surgiu, saindo pelo portão, o carro que tanto aguardava. Determinou ao motorista que seguisse atrás dele.

*****

Fabiano dirigia atormentado. A enfermeira, mais cedo, o chamara por conta do comportamento de Antônio, que estava agitado e parecia ter balbuciado um nome, embora não tivesse compreendido perfeitamente qual era.

O médico insistiu, perguntou se seria o nome de alguém próximo ao paciente. Nélson? Não, ela achava que não. Respirou fundo. Alice? Uma pausa. Sim, talvez...

Essa cena se repetia em sua cabeça continuamente. Resolveu passar por perto do edifício em que Alice morava. Quem sabe não haveria alguma luz acesa no apartamento? Uma tênue esperança nasceu em seu peito e, com ela, teve forças para continuar dirigindo.

Parou o carro em frente ao prédio. Desligou o motor e desceu. Deu a volta pela frente do capô e, na calçada, encostou o corpo na porta do carona. Contou os andares.

As luzes estavam apagadas, como imaginava e, ao mesmo tempo, temia. Dirigiu-se ao porteiro e perguntou sobre Alice. Não, nenhuma notícia. Não aparecia há alguns dias, segundo o funcionário. Havia correspondência a retirar, mas Fabiano não tinha autorização para tanto. Perguntou se havia algo de diferente entre as cartas. Desconfiado, o porteiro disse que não, nada de muito diferente.

Brunswichk, à distância, observava e sorria. Já tinha o que precisava.

Fabiano deixou o local em seguida. O estrangeiro, satisfeito, mandou que o taxista o levasse embora.

*****

Rosso, em seu apartamento, olhava para a tela do computador. Tentara encontrar alguma informação sobre aquele estrangeiro de postura tão diferente. Algo nele trazia grande desconfiança. Ao mesmo tempo, não havia nada de muito concreto que permitisse alguma conclusão. Poderia ser, na verdade, apenas uma pessoa excêntrica, um europeu pertencente a outra geração, e nada mais.

Nada indicava a necessidade, por outro lado, de tratar o médico com desconfiança. Ele mesmo havia procurado a polícia, em razão de conhecer uma das vítimas do sequestro.

Na verdade, não havia praticamente nada de concreto no caso.

Um paciente em estado catatônico, internado. Sem nenhum inimigo. Seu filho e sua principal associada, seu braço-direito, desaparecidos com uma diferença de horas. A partir de então, um europeu surgido aparentemente do nada passando a ser a pessoa mais próxima do paciente.

Nenhum contato ou pedido de resgate para quem quer que fosse.

Pesquisara as entradas de Brunswichk no país. Eram diversas, no curso dos últimos anos. A última, ocorrida há vários meses, algumas semanas antes da internação de Antônio.

Esse detalhe não coincidia com a narrativa do médico, feita em frente ao próprio estrangeiro que, ao que parece, teria dito que estava no exterior quando eclodira a doença de seu amigo.

De qualquer modo, essa contradição não parecia tão importante. Primeiro porque sequer era proveniente do próprio estrangeiro. Além disso, poderia ser uma mera justificativa apresentada por um amigo com peso na consciência, ou mesmo uma confusão de quem talvez não tivesse pleno domínio do idioma.

Havia, no entanto, algo que impedia o delegado de simplesmente deixar aquele crime de lado e se concentrar em outras investigações. Era isso que o incomodava, na verdade. Sua intuição queria dizer alguma coisa, mas ele simplesmente não conseguia identificar o quê.

Já havia passado por sua cabeça, inúmeras vezes, que seu salário não justificava que investisse suas poucas horas de descanso a pensar a respeito.

• •

67

O caminhante revê uma cena. Sabe que já a viu antes várias vezes. Observa, ao longe, na escuridão, uma silhueta feminina. Está encolhida no chão e não consegue se mover. Parece aflita. Sente frio. É sua menina. Está em perigo.

Próxima dela, vê uma figura masculina de branco, que anda em círculos, procurando encontrá-la. Ele não a vê, por mais que tente. Ela também não percebe que ele está ali.

É impossível, por mais que se tente, aproximar-se deles. Não adianta tentar gritar.

Surge, então, uma sombra, por cima de ambos. A sombra os engole e eles desaparecem.

O caminhante grita o nome dela, em vão.

68 – SÃO PAULO, 2011

Como que a confirmar que o caso que investigava ainda teria desdobramentos, não podendo ser abandonado, Rosso recebeu, logo cedo, na delegacia, uma visita de Brunswichk. O estrangeiro se mostrou solícito e cooperativo.

— Desejo esclarecer tudo o que sei e colaborar com a investigação. É minha obrigação. Ontem não pudemos conversar, mas hoje estou à disposição da polícia. Quero fazer o que for possível por meu velho amigo, que tanto fez por mim.

— Agradeço por sua atenção. Então, quando o senhor chegou ao país? Há poucos dias, pelo que eu soube.

Brunswichk sabia muito bem que o delegado já havia obtido as informações oficiais a respeito. Procurou ser cauteloso, mas já sabia o que dizer.

— Na verdade, há alguns meses. Mas não sabia da internação. Acho que *doctorr* Fabiano não me compreendeu bem. O que ocorreu foi que realmente estive afastado do escritório por algum tempo, e não via Antônio há alguns meses.

— E o que o senhor tem de informações a respeito do sumiço do filho e da associada?

— Bem, sobre o desaparecimento nada posso dizer. Mas recentemente soube, por conversas que ouvi, não propositalmente, é claro, das enfermeiras, no quarto de internação, em uma de minhas visitas... fico um pouco constrangido, mas acredito que possa ser importante.

— Posso ouvi-lo informalmente, de início. Não se preocupe, qualquer informação é importante neste momento.

— Bem, parece-me que Alice se envolveu com ambos...

— Ambos? De quem o senhor fala? Do senhor Antônio e seu filho? — num átimo, Artur imaginou que a causa do estado de saúde do consultor poderia ser essa.

— Não, não, não se trata de Antônio, mas do filho sim. E do médico. Um autêntico triângulo, sinto dizer.

O estrangeiro, neste momento, abaixou a cabeça, demonstrando um certo acanhamento.

Artur pareceu encontrar algum sentido no relato que acabara de ouvir.

— Prossiga, por favor.

— Parece-me que o psiquiatra se mostrou um tanto interessado na moça, chegando, ouso dizer... veja, não quero afirmar nada, muito do que digo é fruto de interpretação do que ouvi sem querer... mas ouso dizer que ele chegou à beira da obsessão. É uma jovem muito bela, atraente, inteligente. Não a conheceu, certo? Que belo sorriso ela tem, tão cativante...

— Vi fotografias.

— Claro, claro. Imagine-a em pessoa. Pois bem...

— Sabe dizer quem são as enfermeiras?

— Não me lembro exatamente. Todas jovens, tão parecidas. Perdoe esta velha memória, mas sequer do horário preciso eu me lembro, tenho passado várias horas em vigília naquele quarto, tentando trazer algum conforto a meu velho amigo.

O delegado ouvia, sem piscar. Brunswichk prosseguiu.

— Mas acredito que alguma confirmação possa vir do funcionário da portaria do prédio em que a moça reside. Parece-me que o *doctorr* e ela chegaram, ou saíram, juntos da clínica em uma ou outra ocasião. Mas posso estar enganado...

— Está sugerindo que pode se tratar de um crime passional?

— Ah, longe de mim sugerir algo a um profissional como o senhor. Apenas relato o que ouvi. E peço que considere que posso ter ouvido algo errado. Perdoe-me se esse for o caso.

Lá no fundo, em meio ao breu, o colecionador se regozija, vendo-se mais perto de seu intento.

69 – SÃO PAULO, 2011

— Fabiano.

O telefone do médico tocara a meio caminho da clínica. Reconhecendo o número, atendeu imediatamente, dizendo apenas seu nome, mesmo estando no volante.

— Doutor, bom dia. Achei melhor avisar.

— Bom dia, Laura. O que houve?

Laura era a enfermeira mais antiga da clínica, e sempre vira em Fabiano alguém honesto e confiável. Simpatizava com o rapaz, que lhe lembrava um filho falecido precocemente alguns anos antes.

— A polícia está aqui. Procuram pelo senhor.

— Chego em poucos minutos.

— Não, não doutor. Acho que o senhor não entendeu. Eles realmente *procuram* o senhor. É o que está parecendo. O senhor me desculpe por esse telefonema, mas achei melhor ligar...

Fabiano não sabia o que dizer ou fazer. Encostou o carro na primeira guia livre que encontrou. O coração disparou. Tudo indicava que se tornara um suspeito. Mas como isso ocorrera? Por conta da troca de fechadura na porta do escritório de Antônio? Ou em razão de seu envolvimento com Alice ter sido descoberto? Ou, talvez, as duas coisas.

— Laura, por favor, fique atenta. Tente descobrir a razão disso. Com muita discrição! Você sabe que não fiz nada de errado! — A voz do médico mostrava um enorme desespero. A enfermeira compadeceu-se.

— Claro que sei, doutor. Eu ligo de volta.

*****

Rosso aguardava a chegada de Fabiano. Teria que levá-lo

para interrogatório. Estivera um pouco antes no edifício em que Alice morava, obtendo, na portaria, confirmação de que o médico já estivera lá, inclusive perguntando sobre a correspondência da moça.

Brunswichk, da janela do quarto de Antônio, observava a cena lá embaixo, na frente da clínica. Já havia, mais uma vez, colocado seus préstimos à disposição do corpo médico que, reunido, discutia o caso e procurava entender quais suspeitas recaíam sobre Fabiano.

Estavam perplexos. Teriam que entregar o paciente a outro profissional. Por sorte contavam com a presença constante do velho amigo de Antônio, que se dispusera a ficar dia e noite com o doente.

*****

Num lugar obscuro, o colecionador se vê, em breve, entregando o zhangda em mãos do doente, na calada da noite, e vendo-o manuseá-lo. Filma toda a cena, passo a passo, documentando, pela primeira vez, o instrumento em ação. Agora tem um registro de seu funcionamento. Um estudo minucioso poderá desvendar os segredos de como fazê-lo operar, o que permitirá repetir o processo. É o que falta para completar o ciclo. O objeto, enfim, se torna valiosíssimo, uma preciosidade única na história. Seu portador de tantos anos poderá, então, ser eliminado.

*****

A noite caía com um vento gelado soprando em meio aos vãos dos arranha-céus. Num desses vãos, sozinho, vestindo roupas compradas naquela manhã, de improviso, Fabiano aguardava, silencioso.

Sabia que Brunswichk estava na clínica, tendo permanecido lá por muitas horas naquele dia.

O médico repassava em sua cabeça aquelas horas, desde o início da manhã, certamente as mais difíceis de toda a sua vida. Era possível que já houvesse, naquele momento, uma decretação de prisão contra ele.

A ideia o fazia tremer da cabeça aos pés. Nunca se havia imaginado em uma situação como aquela. Por cautela, carregava consigo um telefone celular pré-pago, comprado há pouco, que vibrou.

— Laura?

— Sim, doutor. Ele saiu. Mas acho que retorna.

Era preciso agir rápido. A ideia era desesperada. Mas era a única que Fabiano tinha. Saiu em passos rápidos, pelos cantos das calçadas, em direção à clínica. Estava a poucos quarteirões.

Laura correu discretamente até o portãozinho dos fundos, destrancando-o. Fabiano ingressou e caminhou até a entrada, esgueirando-se.

Os corredores e escadas estavam vazios naquele momento. O médico procurou percorrê-los rapidamente, mas de maneira discreta.

Usava um boné escuro e caminhava olhando para baixo.

Ao começar a subir a escada para o segundo andar, ouviu, do fundo do corredor que ficava à direita, uma voz conhecida.

— Pois não? O horário de visitas já terminou, meu senhor! Era o vigia da noite.

Fabiano viu tudo ruir. Preparava-se para se virar e entregar seu destino à sorte, ou para correr e tentar pular pela janela próxima, com poucas chances de escapar. Sentiu a adrenalina elevar-se e os músculos se preparando para uma disparada.

— Eu autorizei, Virgílio. Ele pode subir. É rápido. Me responsabilizo. — A voz salvadora era de Laura, na outra ponta.

O vigia permaneceu em silêncio, mas Fabiano sabia que podia prosseguir. Certamente o segurança havia feito algum gesto de reprovação a Laura, mas aquiescido ao pedido dela.

O quarto de Antônio estava à meia-luz. O paciente jazia quieto, de olhos fechados.

Havia uma pequenina fresta na janela, que permitia que uma brisa fina entrasse no recinto. Antes de entrar, Fabiano olhou para os dois lados do corredor. Não havia ninguém à vista, mas ele sabia que Laura deveria estar por ali, a postos, por cautela.

O médico colocou a mão direita no bolso da calça tipo abrigo e segurou com firmeza o objeto sobre o qual recaíam todas as suas esperanças: uma pequena e velha chave, com caracteres um tanto apagados inscritos em seu corpo.

Aproximou-se e segurou a mão do paciente. Ela estava morna e firme, como se ele, de algum modo, estivesse alerta a respeito de algo. Puxou a cadeira para o lado do leito. Sentou-se.

Pausadamente, próximo do rosto de Antônio, enquanto punha em sua mão, fechando-a, a chave que trouxera, sussurrou os versos que lera na escrivaninha do escritório do paciente, manuscritos no livro que encontrara guardado na gaveta:

> *Estou aprendendo a olhar de cima as ilusões.*
> *A ilusão de que somos separados.*
> *A ilusão da superioridade de uns sobre os outros.*
> *A ilusão de que podemos ter algo além de nossa própria essência.*
> *A ilusão de que podemos ter controle sobre o destino e a natureza.*
> *A ilusão de que há o passar do tempo.*
> *A ilusão de que há matéria sem espírito e de que há espírito sem matéria.*
> *A ilusão de que há o bem e o mal.*
> *E, depois de olhá-las de cima,*
> *O próximo passo será enxergá-las de dentro.*

70

O caminhante observa a cena a se repetir.

Vê a silhueta da mulher jovem e o homem de branco. Chama-os, sabendo que é em vão.

Algo, dessa vez, no entanto, é diferente. O homem parece se virar em sua direção.

O caminhante consegue, então, se dirigir até ele. Pega do bolso o objeto que carrega. Uma chave, na qual se encontra, gravada, uma identificação: B-31. O homem de branco estende a mão, que também carrega algo.

Assim também faz o caminhante.

As mãos e as chaves se encontram.

71 – SÃO PAULO, 2011

O colecionador teria uma noite cheia. Precisava, antes de tudo, checar o cativeiro. Garantir que seus reféns estavam lá, ainda dominados e sem chances de reação. Se tudo ocorresse como planejado, dali a poucas horas não mais precisaria deles.

Encontrara um enorme galpão industrial, velho e semiabandonado, na zona leste da cidade.

Não havia nada ao redor, apenas descampados vazios em todo o entorno.

Havia alugado o imóvel, verbalmente, dizendo ao proprietário que pretendia garantir o lugar para um posterior aluguel definitivo. Disse que iria reformar a parte interna, e usá-la como depósito no futuro.

O dono, ávido por locar o galpão e assim obter algum recurso com ele, não fizera perguntas, ainda mais depois que o interessado sequer reclamou da primeira oferta de preço feita por ele.

Nélson e Alice se encontravam presos em salas bem no interior da construção. Não havia como alguém, do lado de fora, ouvir gritos ou qualquer outro ruído vindo lá de dentro. Tampouco se mostrava provável que conseguissem fugir. O colecionador os mantinha levemente dopados, com a colocação de medicação de sono em meio à comida que fornecia a eles, duas ou três vezes ao dia.

Ainda precisava de ambos, como uma garantia, caso algo desse errado. Planejava, no entanto, eliminá-los em breve, com a clara possibilidade de conseguir manter o médico, diante da polícia, como suspeito do crime.

Ambas as vítimas sabiam quem as havia arrebatado. Para Nélson, que conversara com o sequestrador pouco antes, isso era óbvio. Para Alice, talvez nem tanto. A moça, porém, o colecionador o sabia, era um tanto esperta, e era evidente que ela percebera o que estava ocorrendo.

Nenhum dos dois, no entanto, ele acreditava, tinham conhecimento da razão de terem sido capturados.

*****

O motorista de táxi estranhou bastante, como ocorrera com os outros, o pedido do passageiro para que fosse deixado só naquele local ermo. No entanto, como das outras vezes, tratou de pagar um valor acima do apontado para a corrida, o que deixou o taxista satisfeito e desestimulado a fazer qualquer indagação mais aprofundada a respeito.

De qualquer modo, havia sido muito mais trabalhoso levar seus dois reféns ao local, desacordados, num carro alugado. Não dirigia bem, quanto mais naquela metrópole caótica.

Descendo do carro, o colecionador andou por uns duzentos metros, chegando, então, ao galpão. Abriu a porta da frente. Estava tudo escuro e em silêncio, exatamente como deveria estar.

*****

Nélson jazia no colchão. Já se havia acostumado com o cheiro de mofo e com a umidade daquele lugar. Continuava sem forças para se levantar ou reagir. Também não conseguia raciocinar direito. Tanto o tempo que passara ali quanto as horas anteriores estavam borrados na sua memória, e se misturavam em uma grande mistura de memórias, horários, falas e recados de telefone.

Tinha certeza de que Brunswichk era o responsável. Isso era claro porque era a última pessoa com quem conversara, e estava certo de ter sido vítima de uma emboscada preparada pelo estrangeiro.

Mas já tinha perdido a noção dos dias e não conseguia ter esperança de ser achado. Era tudo muito silencioso por ali, e assim parecia há muito tempo.

Como companhia, apenas as ratazanas que habitavam o local, passando os dias a andar de um lado para o outro. Apavorava-o a ideia de que uma delas pudesse subir em seu colchão e se aproximar dele. Mas não havia percebido isso ocorrer em nenhum momento. Para garantir que continuasse dessa forma, procurava jogar bem longe os pratos descartáveis em que vinha sua alimentação, assim que comia algo do que lhe era oferecido. Com isso, distraía os animais o suficiente.

Ouviu passos vindos da lateral. Seu algoz, no entanto, que naquele momento parecia andar com passos mais cautelosos que o normal, como que para não chamar a atenção, passou diretamente para o outro lado do que imaginava ser um corredor. Tentou reunir forças para soltar um grito, mas não conseguiu.

*****

Alice ouvia o mais atentamente possível aquele lúgubre silêncio que dominava seu cativeiro. Sabia que estava ali havia dois dias, talvez três, no máximo.

Sentia que estava desidratada e fazia força para se manter minimamente alerta. Tentava se alimentar minimamente, pois sabia que havia alguma droga na comida que era deixada para ela, o que era feito mediante uma rápida abertura da porta, na escuridão. Quando não aguentava mais de fome, tateava seu caminho até o pratinho, rastejando ou engatinhando pelo chão frio. Encostava-se na parede, engolia uma parte do que lhe havia sido fornecido, e em seguida retornava. Sabia que havia ratos por ali, e tratava de jogar longe o pratinho, para o outro lado.

Imaginava que aquele lugar seria uma espécie de galpão antigo. Devia ser amplo, e a sala em que estava era localizada, provavelmente, bem no interior da construção. Por isso o silêncio era tanto.

O excesso de umidade, além do abandono, indicava que o local era ermo e que havia vegetação ao redor. Mas não conseguira concluir muito além disso.

Sabia, no entanto, que Brunswichk estava por trás do

crime. Apenas não entendia muito bem a razão do sequestro. Tratava-se, é claro, de algo relacionado a Antônio. Algum tipo de vingança, talvez? Ou seria ele um psicopata?

Ouviu passos cautelosos vindos de fora. Não pareciam muito com o andar que já se acostumara a ouvir dentro de alguns intervalos de tempo. Pareceu que o autor do sequestro estava mais cauteloso e marchava mais devagar que o normal. Sentiu um medo ainda maior. Sabia que sua vida estava por um fio, e nas mãos do criminoso.

Havia calculado bem o tempo desde a última refeição e, com muita dificuldade, conseguira se antecipar e se posicionar bem perto da porta. Ele obviamente não contava com essa possibilidade. Alice queria, numa última e desesperada tentativa, atracar-se com ele, ou segurá-lo. Sabia que ele era idoso e, apesar de ágil, talvez não tivesse tanta força para reagir. Tentou se concentrar e lembrar de suas aulas de defesa pessoal.

Os passos cessaram e, estranhamente, no entanto, a porta não se abriu.

Lembrou-se da ocasião em que sentira uma presença do outro lado da porta de entrada de seu apartamento. Uma lembrança que a apavorava, de certa forma, porque não sabia explicar.

Será que, naquela noite, o próprio Brunswichk estivera ali?

Já não duvidava mais de nada, mas algo lhe dizia que não, não havia sido ele daquela vez. O que talvez indicasse que não se tratava dele novamente.

Lembrou-se da melodia que tocava em seu apartamento naquela oportunidade. "A Love Supreme, Coltrane", pensou. Com dificuldade, mas de algum modo acreditando que aquilo faria sentido, por mais estranho que parecesse, balbuciou a melodia algumas vezes.

— Hmm hmm hmm hmm, hmm hmm hmm hmm...

*****

195

Rosso deixara alguns tiras em frente à clínica, os poucos à sua disposição naquele início de noite. Já sabia que seu suspeito não apareceria por ali, o que reforçava a possibilidade de que fosse culpado.

Uma coisa, no entanto, não fazia sentido ainda. O que aquele estrangeiro assassinado fazia com os endereços do escritório de Antônio, de Nélson e de Alice? Ou será que o assassino tinha os endereços, deixando cair, no local, o papel em que estavam anotados? Não fazia sentido nenhum que Fabiano tivesse cometido aquele homicídio.

A vítima, além disso, assim como Brunswichk, era um estrangeiro. Também um europeu.

O delegado precisava tirar aquela cisma de sua frente.

Tomava um café nas proximidades da clínica quando um dos policiais o avisou por telefone, como havia pedido, que Brunswichk estava deixando o local.

Saiu do café e visualizou o estrangeiro pegando um táxi, na esquina seguinte. Entrou em seu carro e passou a seguir o outro veículo, com cautela.

A corrida foi longa, até um local ermo no leste da cidade.

Acompanhou, ao longe, a caminhada do europeu até um galpão.

Viu que Brunswichk deixou a porta de entrada destrancada ao ingressar. Aguardou uns instantes e entrou também.

Uma parte sua dizia que aquilo havia sido uma perda de tempo. O estrangeiro, provavelmente, estava apenas investindo naquele local.

Outra parte lhe sussurrava, de modo incômodo mas insistente, que o lugar era perfeito para um cativeiro.

Cautelosamente, rumou para um lado diverso da sala em que o europeu entrou, aparentemente para pegar algo.

Com passos leves, rumou até uma porta que dava acesso a um corredor. Era difícil enxergar ali dentro, o que o fez andar ainda mais devagar. Parecia estar numa parte mais ou menos central da construção, que aparentava estar vazia.

Chegando ao final, parou diante da última porta. Trancada, como pareciam estar as outras.

Preparava-se para dar a volta e ir embora, antes que o estrangeiro o visse ali, já que teria muita dificuldade em explicar o que fazia lá dentro sem nenhum tipo de autorização.

De repente, vinda do lado de dentro, ouviu uma melodia cantada bem baixinho. Era uma voz feminina. O coração do delegado disparou. Ele permaneceu em pé por uns segundos, ouvindo.

— Alice?

Ouviu imediatamente um grito de choro em resposta. Sorriu, compreendendo que acabara de elucidar o crime.

Não teve tempo, no entanto, de pedir para que ela se calasse por uns instantes. O golpe veio por trás, direta e impiedosamente, bem em sua têmpora esquerda.

Caiu no chão escuro, incapaz de reagir e, imediatamente, sentiu algo empapado de clorofórmio sendo pressionado contra o seu nariz.

72

O caminhante vê um corredor com uma porta ao fundo. Dirige-se até ela. Ouve, então, uma melodia conhecida, balbuciada por uma voz feminina que também conhece muito bem. O breu impede que enxergue algum detalhe, mas sabe que precisa estar do outro lado. É ali que se encontram os seus meninos. Lá é a escuridão à qual eles não pertencem. É onde se encontra o agressor.

Atravessa a porta. Olha para trás. Tudo é igual ao que percorreu há pouco. O silêncio, agora, é total. Vê apenas algumas formas tênues na penumbra. Cruza o local, resoluto. Anda rapidamente. Está livre. Não tem mais medo, de nada ou de si próprio. Sabe o que fazer.

E então, ele vê. A sombra toma o aspecto de um homem. Um homem alto, magro, feito de puro ego, que se move no escuro e arrasta um outro, desacordado.

*****

São Paulo, 2011

O colecionador tenta puxar sua nova vítima pelo corredor. O homem é um tanto pesado, mas precisa ser colocado em outra sala, e bem trancado. Não há como saber se vai ficar desacordado, e por quanto tempo, ou se jamais vai acordar de novo.

De repente, no breu, algo parece segurar o corpo arrastado. O colecionador sente que há mais alguém ali. Alguém que se move rapidamente na escuridão. Alguém que não precisa enxergar para agir. Alguém que vive caminhando envolto numa densa neblina, num mundo disforme, mas que, agora, sabe quem é e tem um propósito conhecido.

Não há tempo para reagir. O colecionador é arrebatado, seguro, e jogado contra a parede. Está apavorado e sem respiração. A força que o detém é enorme. Ele grita, desesperado.

Percebe que a porta que retém Alice é aberta. A moça sai, arrastando-se. Ela ouve, então, uma voz, que não é a de Brunswichk, mas se dirige a ele. Reconhece, atônita, que se trata de Antônio.

— O *zhangdha*. Onde?

Brunswichk não responde. Está ofegante e, aparentemente, não consegue falar.

Alice, então, percebe, sem acreditar. Os dois, subitamente, não estão mais ali.

73 – SÃO PAULO, 2011

O conforto do escuro começou a se dissipar enquanto o caminhante abria, vagarosamente, os olhos e, sim, tinha certeza agora, sabia quem era.

Sabia também quem estava ali, sentada a seu lado.

— Maya...

Ele se lembrava. Os olhos esverdeados, úmidos, se viraram rapidamente para o objeto que se encontrava em suas mãos. Uma caixa, contendo um instrumento antigo, bem conhecido tanto por ele quanto por Maya.

— Eles estão bem? — Referia-se a Nélson e Alice.

— Sim, estão bem, mas há um policial em coma. Com boas chances de recuperação, ao que parece.

A voz era masculina, e vinha da entrada do quarto.

— Meu nome é Fabiano. Muito prazer, Antônio. Tenho cuidado de você há várias semanas. E acho que em breve vou poder começar a preparar sua alta.

Era um rapaz de altura mediana, olhos sinceros e ar resoluto. Antônio sorriu.

— O colecionador?

Ambos sabiam que ele se referia a Brunswichk.

— A caixa foi encontrada num apartamento em poder dele. Estava catatônico, com ela nas mãos. Está internado, mas vai ser acusado de alguns crimes muito graves. Encontraram alguns familiares na Bélgica, ao que parece. Ele perdeu por completo o juízo. Não se comunica com ninguém. Apenas balbucia coisas sem sentido. – Maya, em holandês, resumiu o que havia ocorrido naquela noite. Fabiano compreendeu o que ela narrava.

Nas horas seguintes, Alice chegou. Abraçou o chefe, emocionada. Nélson, ainda debilitado, viria depois.

— Ele tem planos de deixar o país, Antônio. Ele aparentemente amadureceu bastante nos últimos meses. Acho que será bom para ele. — Antônio sabia que Alice estava certa e que seu filho acharia o próprio caminho.

Fabiano entrou e se postou ao lado da moça. Antônio notou que as mãos de ambos se tocavam discretamente.

— Sentem-se, vocês dois. Eu e Maya temos uma história para contar a vocês. E para você, doutor, tenho um presente. Não preciso mais dele. Está dentro desta caixa.

BOOKS BY THIS AUTHOR

Andrômeda

O que fazer quando a realidade deixa de ser uma referência?
Esse é o dilema de Pedro, que, depois de seguir uma frase enigmática inscrita no muro de um parque, é levado a uma descoberta que desafia a razão, embarcando numa jornada interna em busca de entendimento acerca da consciência, do pensamento e dos sentidos, que poderá levá-lo à loucura ou, talvez, a conhecer melhor o universo, a natureza, as pessoas que ama e, quem sabe, a si mesmo.

The Trap Of Time (English Edition)

A unique artifact, capable of mysterious interactions with those who learn how to use it, was stolen from its possessor and hidden by an obsessed collector.

Only one man, lost in space and free from the trap of time, has the chance to recover it.

Bonding them, the ties of an obscure past.

Made in the USA
Coppell, TX
21 June 2022